fusión

fusión unión de dos o más cosas que libera energía

Este libro del estudiante para escribir pertenece a:

_____

Maestro/Salón

_____

HOUGHTON MIFFLIN HARCOURT

Front Cover: *sea turtle* © Westend61 GmbH/Alamy; *water bubbles* © Andrew Holt/Alamy; *guitar and saxophone* © Brand Z/Alamy; *giraffe* © The Africa Image Library/Alamy; *observatory* © Robert Llewellyn/Workbook Stock/Getty Images; *wind turbines* © Comstock/Getty Images.

Back Cover: *ferns* © Mauro Fermariello/Photo Researchers, Inc.; *galaxy* © Stocktrek/Corbis; *clownfish* © Georgette Douwma/Photographer's Choice/Getty Images; *prism* © Larry Lilac/Alamy

Copyright © 2012 by Houghton Mifflin Harcourt Publishing Company

All rights reserved. No part of this work may be reproduced or transmitted in any form or by any means, electronic or mechanical, including photocopying or recording, or by any information storage and retrieval system, without the prior written permission of the copyright owner unless such copying is expressly permitted by federal copyright law. Requests for permission to make copies of any part of the work should be addressed to Houghton Mifflin Harcourt Publishing Company, Attn: Contracts, Copyrights, and Licensing, 9400 South Park Center Loop, Orlando, Florida 32819.

Printed in the U.S.A.

ISBN 978-0-547-81418-6

22 2331 20

4500811396   CDEFG

If you have received these materials as examination copies free of charge, Houghton Mifflin Harcourt Publishing Company retains title to the materials and they may not be resold. Resale of examination copies is strictly prohibited.

Possession of this publication in print format does not entitle users to convert this publication, or any portion of it, into electronic format.

Autores de consulta

Michael A. DiSpezio
Global Educator
North Falmouth, Massachusetts

Marjorie Frank
Science Writer and Content-Area Reading Specialist
Brooklyn, New York

Michael Heithaus
*Director, School of Environment and Society
Associate Professor, Department of Biological Sciences*
Florida International University
North Miami, Florida

Donna Ogle
Professor of Reading and Language
National-Louis University
Chicago, Illinois

Consultores del programa

Paul D. Asimow
Professor of Geology and Geochemistry
California Institute of Technology
Pasadena, California

Bobby Jeanpierre
Associate Professor of Science Education
University of Central Florida
Orlando, Florida

Gerald H. Krockover
Professor of Earth and Atmospheric Science Education
Purdue University
West Lafayette, Indiana

Rose Pringle
Associate Professor
School of Teaching and Learning
College of Education
University of Florida
Gainesville, Florida

Carolyn Staudt
Curriculum Designer for Technology
KidSolve, Inc.
The Concord Consortium
Concord, Massachusetts

Larry Stookey
Science Department
Antigo High School
Antigo, Wisconsin

Carol J. Valenta
Senior Vice President and Associate Director of the Museum
Saint Louis Science Center
St. Louis, Missouri

Barry A. Van Deman
President and CEO
Museum of Life and Science
Durham, North Carolina

¡Energízate con Fusión!

Este programa fusiona...

Aprendizaje electrónico y actividades de laboratorio virtuales

Actividades diversas y de laboratorio

Libro del estudiante para escribir

... y genera nueva energía en el científico de hoy: ¡tú!.

Actividades diversas y de laboratorio

La ciencia está en hacer las cosas.

Actividades emocionantes en cada lección.

Haz preguntas y pon a prueba tus ideas.

Saca tus conclusiones y cuenta lo que aprendiste.

Aprendizaje electrónico y actividades de laboratorio virtuales

Las lecciones digitales y los laboratorios virtuales proporcionan opciones de aprendizaje en línea en cada lección de *Fusión*.

Por tu cuenta o con tu grupo, explora los conceptos de ciencias en un mundo digital.

360° de investigación

Contenido

Niveles de investigación ■ Dirigida ■ Guiada ■ Independiente

LA NATURALEZA DE LAS CIENCIAS Y S.T.E.M.

Unidad 1: Trabaja como un científico 1

Lección 1 ¿Cómo se usan las destrezas de investigación? 3
Rotafolio de investigación pág. 2 Mano a mano/¿Ves lo que yo veo?

Lección 2 ¿Cómo se usan los instrumentos científicos? 13
Rotafolio de investigación pág. 3 ¿Cuánto le cabe?/Objetos de cerca

Personajes en las ciencias: Anders Celsius 21

Investigación de la Lección 3 ¿Qué instrumentos usamos? 23
Rotafolio de investigación pág. 4 ¿Qué instrumentos usamos?

Lección 4 ¿Cómo piensan los científicos? 25
Rotafolio de investigación pág. 5 Todo en equilibrio/¡Mídelo!

Investigación de la Lección 5 ¿Cómo se resuelven los problemas? 35
Rotafolio de investigación pág. 6 ¿Cómo se resuelven los problemas?

Repaso de la Unidad 1 37

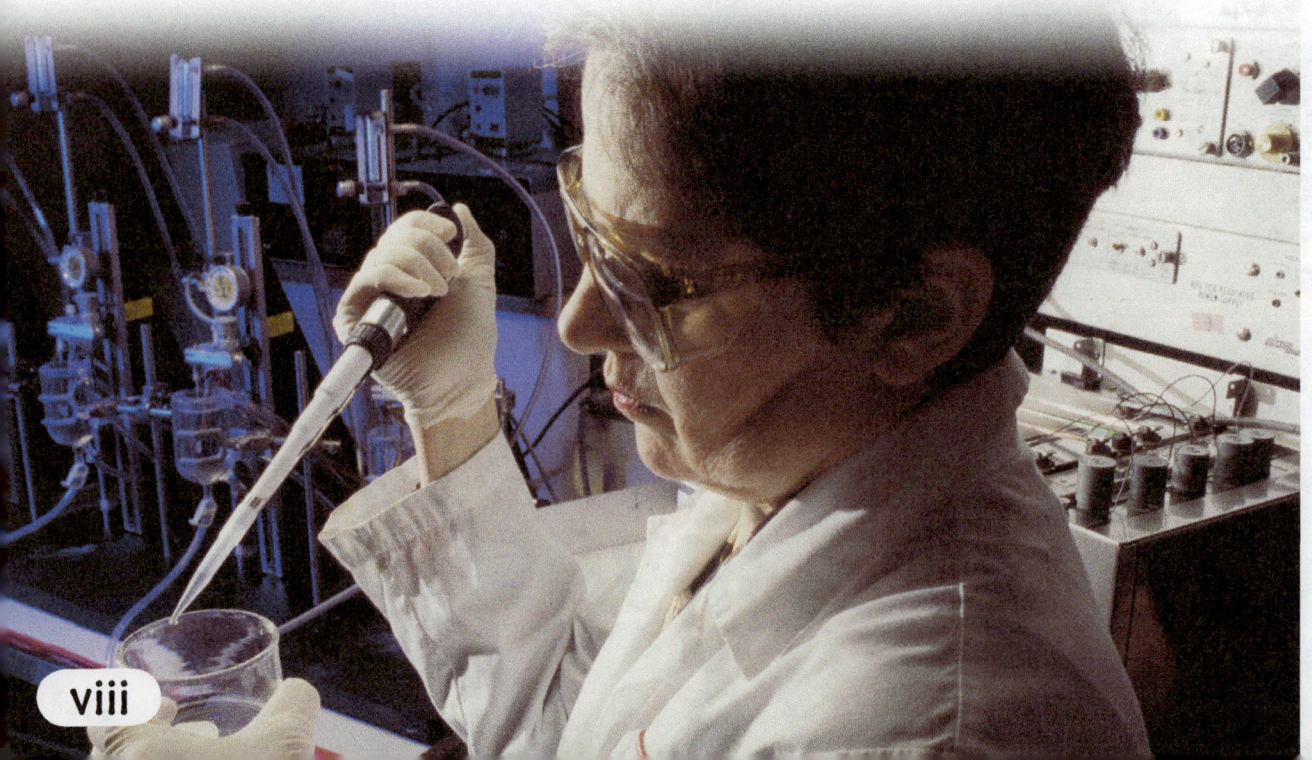

Unidad 2: La tecnología en nuestro mundo 41

Lección 1 ¿Qué es el proceso de diseño? 43
Rotafolio de investigación pág. 7 Un carro globo/Paracaídas de adivinanzas

Investigación de la Lección 2 ¿Cómo podemos usar el proceso de diseño? 55
Rotafolio de investigación pág. 8 ¿Cómo podemos usar el proceso de diseño?

Lección 3 ¿Qué es la tecnología? 57
Rotafolio de investigación pág. 9 No lo rompas/Agárralo

Investigación de la Lección 4 ¿Cómo podemos mejorar la tecnología? 69
Rotafolio de investigación pág. 10 ¿Cómo podemos mejorar la tecnología?

Profesiones en las ciencias: Diseñador de montañas rusas 71

Repaso de la Unidad 2 73

ix

CIENCIAS DE LA VIDA

Unidad 3: Todo acerca de los animales....... 77

Lección 1 ¿Cuáles son las necesidades de los animales?.......... 79
Rotafolio de investigación pág. 11 A criar grillos/Un animal que conozco

S.T.E.M. Ingeniería y tecnología: En la granja................... 89
Rotafolio de investigación pág. 12 Diséñalo: Proteger la lechuga

Lección 2 ¿Qué tipos de animales hay?............................. 91
Rotafolio de investigación pág. 13 Plumas y pelos/Comparar animales

Investigación de la Lección 3 ¿De qué sirve lo que cubre
a los animales?.................... 103
Rotafolio de investigación pág. 14 ¿De qué sirve lo que cubre a los animales?

Lección 4 ¿Cómo es el ciclo de vida de algunos animales?........ 105
Rotafolio de investigación pág. 15 ¿Dónde está la oruga?/¿Cómo es mi ciclo de vida?

Personajes en las ciencias: Salim Ali................ 117

Lección 5 ¿Qué son los fósiles?..................... 119
Rotafolio de investigación pág. 16 Excavación de fósiles/Hagamos modelos de fósiles

Investigación de la Lección 6 ¿Cómo se hace un modelo de fósil? 129
Rotafolio de investigación pág. 17 ¿Cómo se hace un modelo de fósil?

Repaso de la Unidad 3........................... 131

Unidad 4: Todo acerca de las plantas 135

Lección 1 ¿Cuáles son las necesidades de las plantas? 137
Rotafolio de investigación pág. 18 Bloquea la luz/Cierre hermético

S.T.E.M. Ingeniería y tecnología: Se puede llevar agua a las plantas 145
Rotafolio de investigación pág. 19 Compáralo: Consejos gota a gota

Investigación de la Lección 2 ¿Qué necesitan las plantas para crecer? 147
Rotafolio de investigación pág. 20 ¿Qué necesitan las plantas para crecer?

Lección 3 ¿Cuáles son las partes de la planta? 149
Rotafolio de investigación pág. 21 Tallos de plantas/Partes de la planta

Lección 4 ¿Cómo es el ciclo de vida de algunas plantas? 159
Rotafolio de investigación pág. 22 ¡Haz que flote para que brote!/Carrera de semillas

Investigación de la Lección 5 ¿Cómo crece una planta de frijol? . 171
Rotafolio de investigación pág. 23 ¿Cómo crece una planta de frijol?

Personajes en las ciencias: Dra. María Elena Zavala 173

Repaso de la Unidad 4 175

Unidad 5: Medioambientes de los seres vivos 179

Lección 1 ¿Por qué las plantas y los animales se necesitan mutuamente?............ 181
Rotafolio de investigación pág. 24 Plantas útiles/Haz un modelo de una cadena alimentaria

Lección 2 ¿Cómo se adaptan los seres vivos a su medioambiente?... 193
Rotafolio de investigación pág. 25 Vamos a diseñar un ave/Hojas cerosas

Investigación de la Lección 3 ¿Sobreviven las plantas en medioambientes distintos?........ 205
Rotafolio de investigación pág. 26 ¿Sobreviven las plantas en medioambientes distintos?

S.T.E.M. Ingeniería y tecnología: La tecnología y el medioambiente 207
Rotafolio de investigación pág. 27 Diséñalo: Un filtro de agua

Lección 4 ¿Cómo cambian los medioambientes con el paso del tiempo?.................... 209
Rotafolio de investigación pág. 28 ¡Inundación!/Plan de ayuda

Profesiones en las ciencias: Científico ambiental 219

Repaso de la Unidad 5................................. 221

CIENCIAS DE LA TIERRA

Unidad 6: La Tierra y sus recursos 225

Lección 1 ¿Qué hace que la Tierra cambie?..................... 227
Rotafolio de investigación pág. 29 La Tierra tiembla/Fácil erosión

Profesiones en las ciencias: Geólogo 239

Lección 2 ¿Cuáles son los recursos naturales?..................... 241
Rotafolio de investigación pág. 30 Examinemos el almuerzo/A la caza del producto

S.T.E.M. Ingeniería y tecnología: Cómo se hace: Camisa de algodón 253
Rotafolio de investigación pág. 31 Ponlo a prueba: Algunos edificios resistentes

Investigación de la Lección 3 ¿Cómo se clasifican los productos de las plantas?.................... 255
Rotafolio de investigación pág. 32 ¿Cómo se clasifican los productos de las plantas?

Repaso de la Unidad 6................................. 259

Unidad 7: Todo acerca del tiempo 263

Lección 1 ¿Cómo cambia el tiempo? 265
Rotafolio de investigación pág. 33 Diario del tiempo/Observemos el viento

Investigación de la Lección 2 ¿Cómo calienta el Sol a la Tierra? .. 275
Rotafolio de investigación pág. 34 ¿Cómo calienta el Sol a la Tierra?

Lección 3 ¿Qué patrones sigue el tiempo? 277
Rotafolio de investigación pág. 35 Mide mi temperatura/Máxima y mínima

Investigación de la Lección 4 ¿Cómo se mide la precipitación? .. 287
Rotafolio de investigación pág. 36 ¿Cómo se mide la precipitación?

Lección 5 ¿Cómo influyen las estaciones en los seres vivos? 289
Rotafolio de investigación pág. 37 ¿Me ves?/Encuesta sobre el tiempo

S.T.E.M. Ingeniería y tecnología: Observemos el tiempo 299
Rotafolio de investigación pág. 38 Improvísalo: Estación meteorológica

Lección 6 ¿Cómo podemos prepararnos para el mal tiempo? 301
Rotafolio de investigación pág. 39 Haz tu propio tornado/¡Sobre seguro!

Profesiones en las ciencias: Cazadores de tormentas 309

Repaso de la Unidad 7 311

Unidad 8: El sistema solar 315

Lección 1 ¿Qué son los planetas y las estrellas?.................. 317
Rotafolio de investigación pág. 40 Observemos las estrellas/Ponerse en órbita

Personajes en las ciencias: Annie Jump Cannon 327

Lección 2 ¿Cuál es la causa del día y de la noche? 329
Rotafolio de investigación pág. 41 Decir la hora/Cambios de las sombras

S.T.E.M. Ingeniería y tecnología: Ojos en el cielo 339
Rotafolio de investigación pág. 42 Improvísalo: Telescopio

Investigación de la Lección 3 ¿Cómo se hace un modelo del día y de la noche?............. 341
Rotafolio de investigación pág. 43 ¿Cómo se hace un modelo del día y de la noche?

Repaso de la Unidad 8...................................... 343

CIENCIAS FÍSICAS

Unidad 9: Cambios en la materia 347

Lección 1 ¿Qué es la materia? 349
Rotafolio de investigación pág. 44 Pongamos una masa en la balanza/
El tesoro de las propiedades

Investigación de la Lección 2 ¿Cómo se comparan los volúmenes? . 361
Rotafolio de investigación pág. 45 ¿Cómo se comparan los volúmenes?

S.T.E.M. Ingeniería y tecnología: La tecnología en la cocina 363
Rotafolio de investigación pág. 46 Piensa en el proceso: Escribe una receta

Lección 3 ¿Cómo cambia la materia? 365
Rotafolio de investigación pág. 47 Tasa de evaporación/¿Qué se derrite?

Investigación de la Lección 4 ¿Cómo cambia el agua de estado? .. 373
Rotafolio de investigación pág. 48 ¿Cómo cambia el agua de estado?

Personajes en las ciencias: Dra. Mei-Yin Chou 375

Repaso de la Unidad 9 377

Unidad 10: La energía y los imanes 381

Lección 1 ¿Qué es la energía?.................................. 383
Rotafolio de investigación pág. 49 Un cambio de luz/Caliéntalo

Personajes en las ciencias: Dr. Lawnie Taylor 395

Lección 2 ¿Qué son los imanes?............................... 397
Rotafolio de investigación pág. 50 Acción a la distancia/Atracción magnética

S.T.E.M. Ingeniería y tecnología: Imanes que nos rodean 407
Rotafolio de investigación pág. 51 Diséñalo: Vamos a usar imanes

Investigación de la Lección 3 ¿Qué tan fuerte es un imán?....... 409
Rotafolio de investigación pág. 52 ¿Qué tan fuerte es un imán?

Repaso de la Unidad 10 411

Glosario interactivo R1
Índice R24

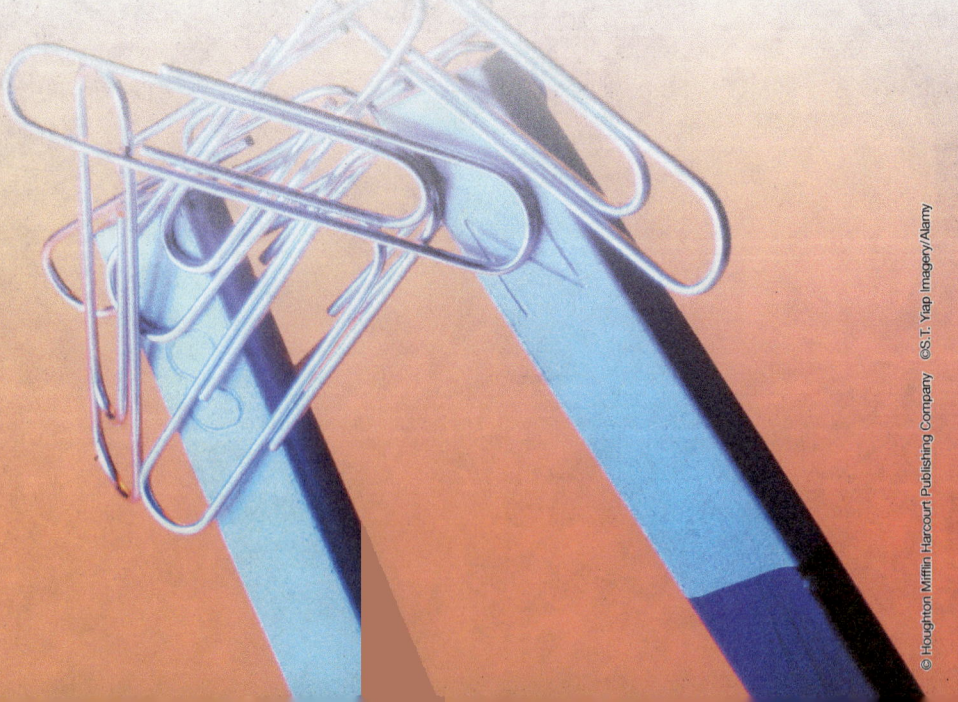

xvi

UNIDAD 1
Trabaja como un científico

laboratorio de Thomas Edison

La gran idea

Los científicos hacen preguntas sobre el mundo que los rodea. Hallan respuestas al investigar a través de ciertos métodos.

Me pregunto por qué
Los científicos utilizan instrumentos para descubrir las cosas. ¿Por qué?
Da vuelta a la página para descubrirlo

UNIDAD 1

Por esta razón Con los instrumentos se aprende más que solo con los sentidos.

En esta unidad vas a aprender más sobre La gran idea, y a desarrollar las preguntas esenciales y las actividades del Rotafolio de investigación.

Niveles de investigación ■ Dirigida ■ Guiada ■ Independiente

Comprueba tu progreso

La gran idea Los científicos hacen preguntas sobre el mundo que los rodea. Hallan respuestas al investigar a través de ciertos métodos.

Preguntas esenciales

Lección 1 ¿Cómo se usan las destrezas de investigación? 3
Rotafolio de investigación pág. 2 Mano a mano/¿Ves lo que yo veo?

Lección 2 ¿Cómo se usan los instrumentos científicos? 13
Rotafolio de investigación pág. 3 ¿Cuánto le cabe?/Objetos de cerca

Personajes en las ciencias: Anders Celsius 21

Investigación de la Lección 3 ¿Qué instrumentos usamos? 23
Rotafolio de investigación pág. 4 ¿Qué instrumentos usamos?

Lección 4 ¿Cómo piensan los científicos? 25
Rotafolio de investigación pág. 5 Todo en equilibrio/¡Mídelo!

Investigación de la Lección 5 ¿Cómo se resuelven los problemas? ... 35
Rotafolio de investigación pág. 6 ¿Cómo se resuelven los problemas?

Repaso de la Unidad 1 37

¡Ya entiendo La gran idea!

Cuaderno de ciencias
No olvides escribir lo que piensas sobre la Pregunta esencial antes de estudiar cada lección.

Lección 1

Pregunta esencial

¿Cómo se usan las destrezas de investigación?

Ponte a pensar

Halla la respuesta a la pregunta en la lección.

Cuando dices en qué se parecen y en qué se diferencian estas flores,

Las estás _____.

Lectura con propósito

Vocabulario de la lección

1. Ojea la lección.
2. Escribe aquí el término de vocabulario.

_____

Usa las destrezas de investigación

Las **destrezas de investigación** son las destrezas que se usan para hallar información. Las destrezas de investigación sirven para planear y para hacer pruebas.

Estos niños aplican sus destrezas de investigación para hacer una tarea. Están observando. Observar significa usar los cinco sentidos para conocer las cosas.

Lectura con propósito

Halla la oración que dice el significado de **observar**. Luego subraya la oración.

¿Qué podemos observar en mi patio?

Danny y Sophie quieren observar cosas en el patio. Así que planean una investigación. Planean la manera de descubrir lo que quieren saber. También predicen o hacen buenas suposiciones sobre lo que observarán.

▶ **En esta página se nombran tres destrezas de investigación. Encierra en un círculo el nombre de una de las destrezas.**

Explora el patio

Danny y Sophie se dirigen al patio a realizar su tarea. Daniel halla el largo y la altura de la casa para aves. Mide la casa con una regla.

Lectura con propósito
Halla la oración que explica el significado de **medir**. Luego subraya la oración.

Ellos aplican sus destrezas de investigación para saber más del patio.

Sophie compara las hojas. Observa en qué se parecen y en qué se diferencian. También separa, o clasifica, muchas hojas del patio según su parecido.

▶ **Mira las hojas de Sophie. Ponlas en orden de la más pequeña a la más grande.**

____   ____   ____

Haz un modelo e infiere

Ahora Danny y Sophie dibujan un mapa del patio. Están haciendo un modelo para mostrar cómo es algo. Tú también podrías hacer un modelo para mostrar cómo funciona algo.

Lectura con propósito

Halla las oraciones que dicen lo que significa **hacer un modelo**. Luego subraya las oraciones.

Danny y Sophie aplican otra destreza de investigación. Hacen una inferencia, es decir, aplican lo que saben para responder esta pregunta. ¿Hay seres vivos en el patio? Ellos infieren que en el patio viven muchas plantas y animales.

▶ **Piensa en lo que sabes del invierno. Infiere lo que Danny y Sophie podrían observar en el patio durante el invierno.**

_____

_____

1 Complétalo

Completa el espacio en blanco.

¿Qué tienen en común medir, observar y predecir?

Todas son

_____ .

2 Enciérralo en un círculo

Encierra en un círculo la destreza que va con el significado.

¿Cuál de estas destrezas significa que se eligen los pasos a seguir para conocer algo?

inferir

planear una investigación

clasificar

3 Dibújalo y escríbelo

Observa algo que esté al aire libre. Después, dibuja y escribe para registrar tus observaciones.

_____

_____

Ejercita tu mente

Lección 1

Nombre _____

Juego de palabras

Lee cada una de las claves. Después ordena las letras para escribir la respuesta correcta.

| observar | comparar | medir | inferir |

1 hallar el tamaño o la cantidad de algo

d e m i r _____

2 usar los sentidos para conocer algo

b o s r e a v r _____

3 observar en qué se parecen y en qué se diferencian las cosas

p o c r a r a m _____

4 aplicar lo que sabes para responder una pregunta

f n i r r e i _____

11

Aplica los conceptos

Empareja cada destreza de investigación con su significado.

hacer una buena suposición sobre lo que sucederá	planear una investigación
separar las cosas según su parecido	clasificar
mostrar cómo es algo o de qué manera funciona	predecir
seguir los pasos para responder una pregunta	hacer un modelo

Para la casa

En familia: Mida junto con su niño dos objetos de casa. Pídale a su niño que compare los dos objetos y que le diga cuál es más grande.

Lección 2

Pregunta esencial

¿Cómo se usan los instrumentos científicos?

Halla la respuesta a la pregunta en la lección.

¿Qué mide un termómetro?

_____

Lectura con propósito

Vocabulario de la lección

1. Ojea la lección.
2. Escribe aquí los 2 términos de vocabulario.

_____   _____

Los mejores instrumentos

Todos los días utilizas instrumentos científicos. Los instrumentos son cosas que te sirven para hacer un trabajo. Los **instrumentos científicos** se usan para hallar información.

La lupa es un instrumento científico. Te permite observar con mayor detalle que el que se percibe a simple vista.

▶ ¿Qué ves a través de esta lupa? Enciérralo en un círculo.

A través de una lupa las cosas se ven más grandes.

Instrumentos de medición

Las cosas se miden con los instrumentos. Con el **termómetro** se mide la temperatura. Con la taza de medir se miden las cantidades de líquidos.

Lectura con propósito

La idea principal es la idea más importante acerca de algo. Subraya la idea principal en esta página.

El termómetro mide la temperatura en unidades llamadas grados.

La taza de medir mide líquidos en unidades llamadas mililitros, tazas u onzas.

¡Mide más!

La báscula es un instrumento que sirve para medir el peso. La masa se mide con una balanza.

Esta báscula mide el peso en unidades llamadas libras y onzas.

▶ **Nombra dos cosas que se puedan pesar en una báscula.**

_____

_____

Esta balanza mide la masa en unidades llamadas gramos y kilogramos.

La regla y la cinta métrica sirven para medir tanto la distancia como el largo, el ancho y la altura. Ambos instrumentos miden en unidades llamadas pulgadas o centímetros.

▶ Encierra en un círculo el objeto que se mide con la regla.

Con la regla se miden objetos que tienen líneas rectas.

Con la cinta métrica se puede medir alrededor de un objeto.

Resúmelo

1 Respóndelo

Escribe la respuesta a esta pregunta.

Debes medir la cantidad de agua que cabe en una cubeta. ¿Qué instrumento podrías usar?

_____

2 Dibújalo

Con un dibujo, muestra cómo usas un instrumento de medir.

3 Márcalo

Marca con una X el instrumento que no sirve para medir.

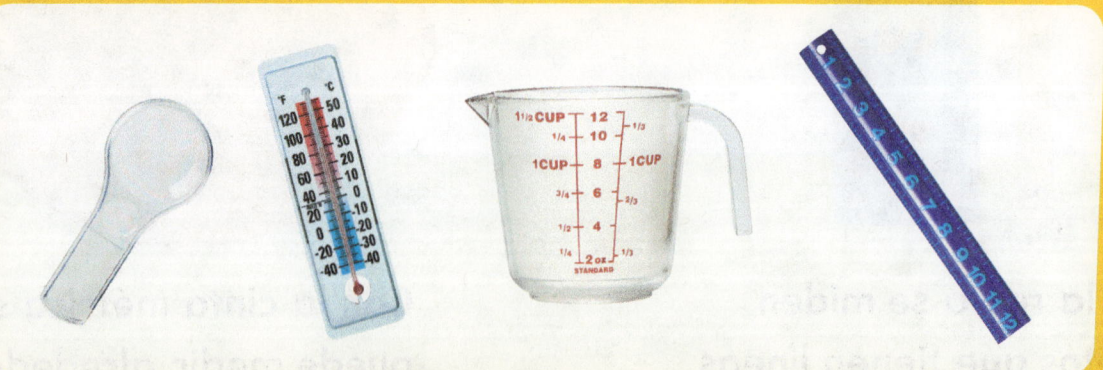

Lección 2

Nombre _____

Juego de palabras

Empareja el nombre de cada instrumento con su ilustración.

cinta métrica	(balanza)
balanza	(termómetro)
termómetro	(cinta métrica)
taza de medir	(lupa)
lupa	(taza de medir)

19

Aplica los conceptos

Menciona el instrumento que sirve para realizar cada acción.

medir la longitud de un libro	_____
hallar el peso de una sandía	_____
observar las curvas y líneas en la punta de tu dedo	_____

En familia: Hagan un juego de búsqueda. Busquen cuáles de los instrumentos de esta lección tienen en la casa o sus alrededores. Comenten cómo se usa cada instrumento.

Personajes en las ciencias

4 cosas que debes saber sobre Anders Celsius

1 En 1742, Celsius inventó la escala Celsius para medir la temperatura.

2 El agua se congela a una temperatura de 0° en la escala Celsius.

3 El agua hierve a una temperatura de 100° en la escala Celsius.

4 Celsius era astrónomo, es decir, alguien que estudia las estrellas y otras cosas del espacio.

Personajes en las ciencias *continuación*

Emparejamiento en Celsius

▶ Lee cada termómetro. Escribe el número que se corresponde con la temperatura correcta de cada ilustración.

_____

_____

_____

▶ ¿Cómo sabes el estado del tiempo con la ayuda de una escala de temperatura?

_____
_____

Rotafolio de investigación, pág. 4

Nombre _____

Pregunta esencial
¿Qué instrumentos usamos?

Establece un propósito
Escribe lo que quieres descubrir.

_____

_____

Piensa en el procedimiento

1 ¿Qué instrumento científico elegiste? ¿Para qué sirve?

_____

_____

2 ¿Cómo te ayuda el instrumento a observar el objeto?

_____

_____

_____

Anota tus datos

Anota tus observaciones en esta tabla.

Mi objeto _____	
Mi instrumento _____	
Lo que aprendí sin el instrumento.	Lo que aprendí con el instrumento.

Saca tus conclusiones

¿Cómo te ayuda un instrumento científico a conocer el objeto?

_____
_____
_____

Haz más preguntas

¿Qué otras preguntas puedes hacer sobre la manera en la que se usan los instrumentos científicos?

_____
_____
_____

Pregunta esencial

¿Cómo piensan los científicos?

Lección 4

Ponte a pensar

Halla la respuesta a la pregunta en la lección.

Al _____, los científicos siguen pasos y usan instrumentos para responder preguntas.

Lectura con propósito

Vocabulario de la lección

1. Ojea la lección.
2. Escribe aquí los 4 términos de vocabulario.

_____   _____

_____   _____

Observémoslo

Los científicos **investigan**. Planean y hacen pruebas para responder preguntas o para resolver problemas. Aplican sus destrezas de investigación y se ayudan con instrumentos científicos.

Hay muchas maneras de investigar. Sin embargo, muchos científicos siguen una secuencia u orden de sucesos. Aquí te presentamos una secuencia posible. Primero, los científicos observan y hacen una pregunta.

Lectura con propósito

Algunas palabras clave sirven para hallar el orden de las cosas. **Primero** es una palabra clave. Encierra en un círculo esta palabra clave en el párrafo de arriba.

¿El colorante para alimentos se disuelve más rápido en agua fría o en agua tibia?

▶ ¿Qué objetos van a usar estos niños para la prueba? Enciérralos en un círculo.

Después, los científicos usualmente elaboran una hipótesis. La **hipótesis** es un enunciado que se puede poner a prueba. Luego los científicos planean una prueba en la que cambian solo una cosa. Hacen una lista de los materiales que necesitarán y los pasos que seguirán para hacer la prueba.

El colorante para alimentos se disuelve más rápido en agua tibia.

Probémoslo

Luego, los científicos están listos para llevar a cabo su prueba. Siguen su plan y anotan lo que observan.

Lectura con propósito

Algunas palabras clave sirven para hallar el orden de las cosas. **Luego** es una palabra clave. Encierra en un círculo esta palabra clave en el párrafo de arriba.

Estos niños hacen la prueba para saber si el colorante para alimentos se disuelve más rápido en agua fría o en agua tibia.

28

Después de la prueba, los científicos **sacan conclusiones**. Usan la información que han reunido para determinar si los resultados confirman la hipótesis. Finalmente, escriben o dibujan para **comunicar** lo que han aprendido.

▶ ¿De qué manera la temperatura del agua afecta el tiempo que tarda en disolverse el colorante para alimentos? Saca una conclusión.

_____

_____

_____

▶ ¿Qué otra cosa podría probar el científico con el agua y el colorante para alimentos?

_____

_____

_____

29

Por qué es importante
Hagamos la prueba otra vez

Los científicos hacen la misma prueba varias veces. Necesitan asegurarse de que obtendrán los mismos resultados cada vez que la hagan. En esta investigación el colorante para comidas se debe disolver más rápido en el agua tibia cada vez que se haga la prueba.

▶ Mira los vasos con el rótulo **tibia** para el lunes y para el viernes. Saca una conclusión. Colorea el interior del vaso con el rótulo **tibia** para el miércoles para mostrar cómo se debería ver.

Práctica matemática
Medir longitudes

Elige un objeto. Mide la longitud del objeto con una regla. Mídelo tres veces y anota los resultados.

Longitud de _____	
Medida 1	
Medida 2	
Medida 3	

1. ¿Hay diferencia entre tus resultados?

   _____
   _____

2. ¿Cómo lo sabes?

   _____
   _____
   _____

31

1 Ordénalo

Numera del 1 al 4 la manera en que los científicos investigan.

_____ Observan y hacen una pregunta.

_____ Hacen la prueba y anotan lo que sucede.

_____ Sacan conclusiones y comunican.

_____ Elaboran una hipótesis y planean una prueba en la que cambian una sola cosa.

2 Enciérralo en un círculo

Encierra en un círculo la respuesta correcta.

Supón que haces un cartel para mostrar los resultados de tu prueba. Entonces estás _____.

observando   formulando una hipótesis

planeando tu prueba   comunicando

Ejercita tu mente

Lección 4

Nombre _____

Juego de palabras

Encierra en un círculo la palabra que completa la oración.

1. Cuando aplicas tus destrezas de investigación y utilizas instrumentos científicos para aprender, estás _____.

   comunicando   investigando

2. Cuando das el primer paso para hacer la investigación, estás _____.

   sacando conclusiones   observando

3. Cuando haces un enunciado que puedes poner a prueba, estás formulando una _____.

   hipótesis   conclusión

4. Cuando explicas lo que aprendiste con la información que has reunido, estás _____.

   sacando conclusiones   observando

5. Cuando escribes para explicar los resultados de una prueba, estás _____.

   comunicando   haciendo una pregunta

Aplica los conceptos

Estos pasos muestran la prueba que realizaron unos niños. Rotula cada casilla con un paso de esta lección.

Los niños miran un cubito de hielo. Se preguntan: ¿Se derretirá si lo ponemos al sol?

Observar y _____.

↓

Hacen un enunciado que dice que el cubito de hielo se derretirá si lo ponen al sol.

_____.

↓

Siguen su plan. El cubito de hielo se derrite. Los niños determinan que el hielo se derritió por el calor del sol.

Hacer una prueba y _____.

↓

Los niños escriben y dibujan para contar los resultados de su prueba.

_____.

En familia: Planee una investigación junto con su niño. Siga los pasos de esta lección.

Para la casa

Rotafolio de investigación, pág. 6

Lección 5
INVESTIGACIÓN

Nombre _____

Pregunta esencial

¿Cómo se resuelven los problemas?

Establece un propósito

¿Qué problema quieres resolver?

_____

_____

Piensa en el procedimiento

❶ ¿Por qué haces una lista de las propiedades que debe tener el organizador?

_____

_____

❷ ¿Por qué haces un diseño del organizador antes de construirlo?

_____

_____

Anota tus datos

Anota los detalles de tu plan en esta tabla.

El problema
Mi plan
Materiales que necesito

Saca tus conclusiones

A veces es útil hacer un modelo primero, antes de hacer el objeto real. ¿Cómo te sirve un modelo para resolver un problema?

_____

_____

_____

Haz más preguntas

¿Qué otras preguntas tienes sobre el diseño y la creación de modelos para resolver problemas?

_____

_____

Repaso de la Unidad 1

Repaso de vocabulario

Usa los términos de la casilla para completar las oraciones.

> comunicar
> investigar
> termómetro

1. Cuando dibujas o escribes, lo que haces es _____.

2. El instrumento que mide la temperatura es un _____.

3. Cuando planeas y haces una prueba para responder preguntas, lo que haces es _____.

Conceptos de ciencias

Rellena la burbuja con la letra de la mejor respuesta a cada pregunta.

4. Sumeet observa el cielo antes de ir a la escuela. El tiempo está oscuro y nuboso. ¿Qué destreza usa Sumeet?

   Ⓐ comparar
   Ⓑ inferir
   Ⓒ observar

5. Víctor pesa un melón en la balanza. El melón pesa 3 libras. Ana también mide el peso del mismo melón. ¿Qué debería observar Ana?

   Ⓐ El melón pesa 2 libras.
   Ⓑ El melón pesa 3 libras.
   Ⓒ El melón pesa 4 libras.

6. Reem usa este instrumento para hallar la longitud de un libro.

   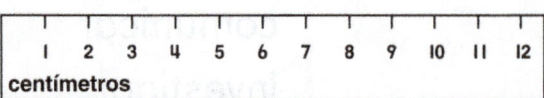

   ¿Qué hace?
   - Ⓐ clasificar
   - Ⓑ inferir
   - Ⓒ medir

7. Jia quiere descubrir en qué se parece o diferencia la temperatura de la tarde a la temperatura de la mañana. ¿Qué debería hacer?
   - Ⓐ Inferir la temperatura de la tarde. Luego compararla con la temperatura de la mañana.
   - Ⓑ Medir la temperatura de la tarde. Luego compararla con la temperatura de la mañana.
   - Ⓒ Predecir la temperatura de la tarde. Luego compararla con la temperatura de la mañana.

8. Laura investiga la respuesta de una pregunta. Luego repite su experimento. ¿Qué es **más probable** que sea verdadero?
   - Ⓐ Los resultados serán iguales.
   - Ⓑ Los resultados serán diferentes.
   - Ⓒ No puede comparar los resultados.

9. Carlos terminó una investigación. Hizo esta ilustración en un cuaderno.

   ¿Por qué Carlos hizo la ilustración?
   - Ⓐ para planear la investigación
   - Ⓑ para predecir qué sucederá
   - Ⓒ para anotar lo que observó

10. Jared sabe que sus dos bloques son del mismo color pero tienen formas distintas. ¿Cómo lo sabe?

    Ⓐ Los mide.
    Ⓑ Hace un modelo.
    Ⓒ Los observa y los compara.

11. Crees que una hormiga y una mariposa tienen las mismas partes. ¿Por qué los modelos te permiten descubrir si eso es verdad?

    Ⓐ Los modelos son del mismo tamaño que los insectos reales.
    Ⓑ Los modelos muestran las partes que tienen los objetos reales.
    Ⓒ Hacer modelos significa que no tienes que hacer observaciones.

12. Kate quiere saber qué objeto es más alto: un árbol o un arbusto. ¿Qué instrumento debe usar?

Ⓐ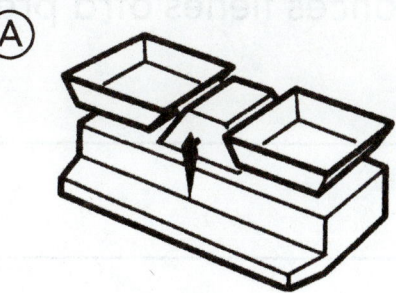

Ⓑ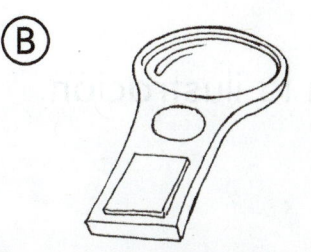

Ⓒ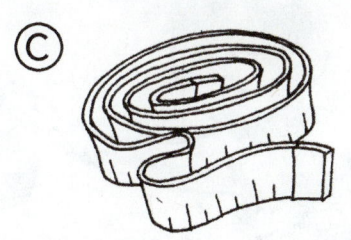

Repaso de la unidad Unidad 1

Investigación y La gran idea

Escribe las respuestas de las preguntas.

13. Terminas una investigación sobre las plantas. Entonces tienes otra pregunta. ¿Qué deberías hacer?

   _____

   _____

14. Observa la ilustración.

   a. ¿Qué instrumento científico usa el niño?

   _____

   b. ¿Qué hace?

   _____

UNIDAD 2
La tecnología en nuestro mundo

Las Pirámides, Indianápolis, Indiana

La gran idea

Los ingenieros satisfacen las necesidades humanas a través del proceso de diseño y nueva tecnología. La tecnología está presente en nuestra vida cotidiana y puede influir en nuestro medioambiente.

Me pregunto cómo

Un ingeniero planificó el diseño de estos edificios. ¿Cómo? Da vuelta a la página para descubrirlo.

Por esta razón El ingeniero dibujó un plano de los edificios. El plano mostraba estas formas interesantes.

En esta unidad vas a aprender más sobre La gran idea, y a desarrollar las preguntas esenciales y las actividades del Rotafolio de investigación.

Niveles de investigación ■ Dirigida ■ Guiada ■ Independiente

La gran idea Los ingenieros satisfacen las necesidades humanas a través del proceso de diseño y nueva tecnología. La tecnología está presente en nuestra vida cotidiana y puede influir en nuestro medioambiente.

Preguntas esenciales

Lección 1 ¿Qué es el proceso de diseño? 43
  Rotafolio de investigación pág. 7 Un carro globo/
    Paracaídas de adivinanzas

**Investigación
de la Lección 2 ¿Cómo podemos usar
    el proceso de diseño?** 55
  Rotafolio de investigación pág. 8 ¿Cómo podemos usar
    el proceso de diseño?

Lección 3 ¿Qué es la tecnología? 57
  Rotafolio de investigación pág. 9 No lo rompas/Agárralo

**Investigación
de la Lección 4 ¿Cómo podemos mejorar
    la tecnología?** 69
  Rotafolio de investigación pág. 10 ¿Cómo podemos mejorar
    la tecnología?

**Profesiones en las ciencias:
  Diseñador de montañas rusas** 71

Repaso de la Unidad 2 73

¡Ya entiendo La gran idea!

Cuaderno de ciencias

No olvides escribir lo que piensas sobre la pregunta esencial antes de estudiar cada lección.

Lección 1

Pregunta esencial

¿Qué es el proceso de diseño?

Ponte a pensar

Halla la respuesta a la pregunta en la lección.

¿Cómo evitarías que las correas de los perros se enreden?

Podría _____

_____

Lectura con propósito

Vocabulario de la lección

1. Ojea la lección.
2. Escribe aquí los 2 términos de vocabulario.

_____ _____

43

¡Seamos realistas!

¡Observa a los ingenieros en acción! Los **ingenieros** son las personas que aplican las matemáticas y las ciencias en el diseño de tecnología que sirva para resolver problemas. Encuentran soluciones para ayudar a la gente.

Los ingenieros trabajan en muchas áreas. Algunos ingenieros diseñan carros. Otros diseñan robots. Otros buscan modos de hacer que el mundo sea más limpio o seguro.

Lectura con propósito
Halla la oración que dice el significado de **ingenieros**. Subraya la oración.

Un ingeniero civil planifica puentes y caminos.

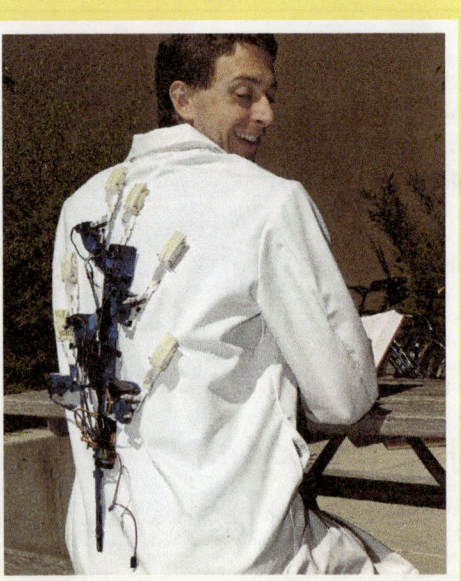

Un ingeniero en robótica diseña robots.

El proceso de diseño

¿Cómo resuelven problemas los ingenieros? Siguen un proceso de diseño. Un **proceso de diseño** es un conjunto de pasos que siguen los ingenieros para resolver problemas.

Este ingeniero revisa el proyecto de un edificio.

▶ Encierra en un círculo el nombre de los tres tipos de ingenieros.

Un ingeniero aeroespacial trabaja en aviones o cohetes.

45

¡Qué lío!

Cuando Kate saca a pasear a sus perros, las correas siempre se enredan. Kate tiene que resolver este problema. ¿Cómo puede ayudarla el proceso de diseño?

1 Busca un problema

El primer paso de Kate es identificar su problema. ¿Qué anda mal? ¿Qué quiere hacer? Luego Kate busca maneras de resolver su problema.

Lectura con propósito

Las cosas suceden en orden. Escribe 1 al lado de lo que sucede primero. Escribe 2 al lado de lo que sucede después

Kate saca su cuaderno de ciencias. Quiere llevar un buen registro. Mostrará cómo planear y construir la solución de su problema.

Problema:
Las correas de mis perros se enredan.

Ideas para resolverlo:

▶ Dibuja una manera en que Kate podría resolver su problema.

2 Planea y construye

Luego, Kate elige una solución y la prueba. Hace un plan. Dibuja y rotula su plan.

Elige los mejores materiales para correas. Observa los materiales de Kate. ¿Qué materiales elegirías?

> **Lectura con propósito**
>
> Las palabras clave te sirven para hallar el orden de las cosas. **Luego** es una palabra clave. Dibuja una casilla alrededor de esta palabra clave.

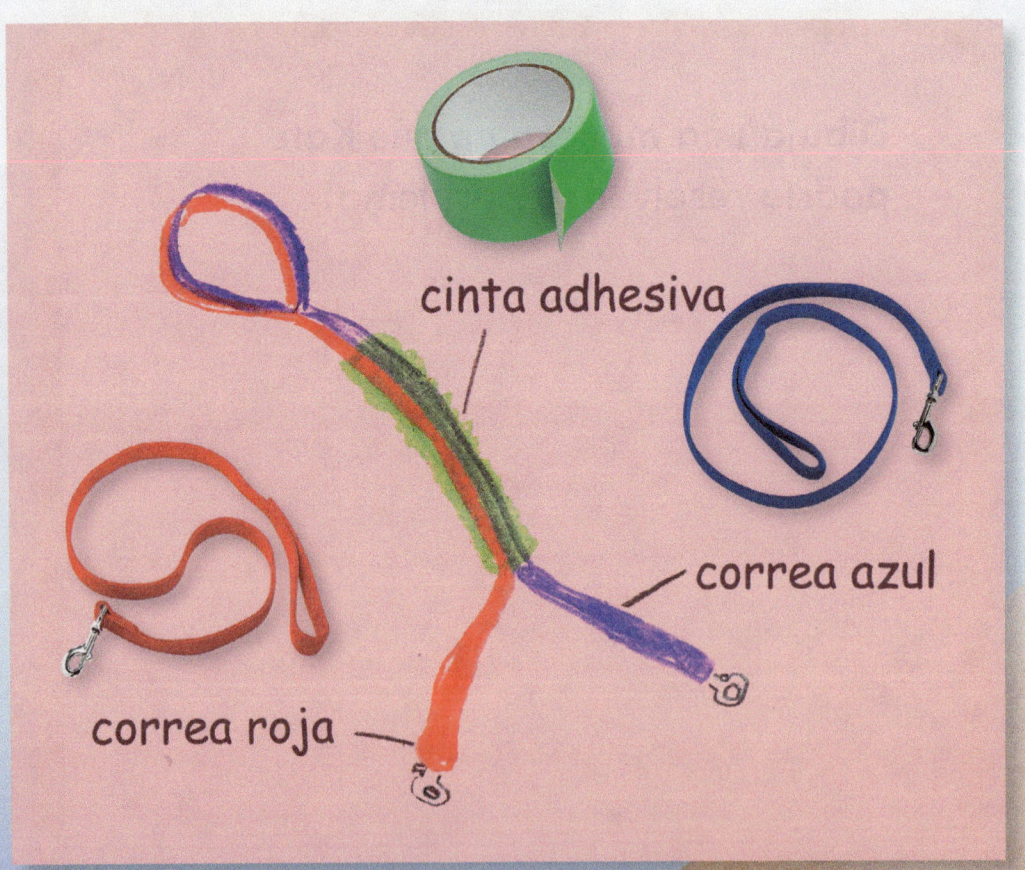

cinta adhesiva

correa azul

correa roja

48

Kate sigue su plan para hacer su correa nueva.
¡La correa nueva puede ser la solución a su problema!

▶ ¿Cómo planear ayudó a Kate a construir su correa nueva?

_____

_____

49

3 Examina y mejora

Es el momento de que Kate pruebe si su correa nueva funciona. La examina cuando saca a pasear a sus perros. Kate sabrá que la correa funciona si no se enreda.

4 Modifica el diseño

Kate piensa en una manera de mejorar su correa nueva. Escribe notas sobre cómo mejorar su diseño.

5 Comunica

Kate muestra los resultados de su prueba. Toma una foto del diseño. También escribe sobre lo que sucedió durante la prueba.

Maneras de mejorar el diseño: hacer las partes de la correa o las agarraderas más largas

Mis resultados:

1. Las partes roja y azul de la correa nueva no se enredaron.
2. Mis pies chocaban con los perros mientras caminaba.

▶ Encierra en un círculo la parte de los resultados que explica un problema con la correa.

1. Enciérralo en un círculo

Encierra en un círculo el paso del proceso de diseño que se muestra aquí.

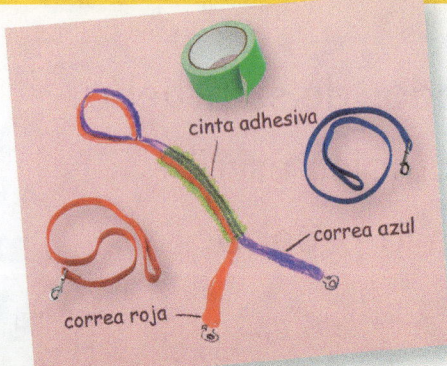

Examinar y mejorar

Planear y construir

Buscar un problema

2. Escríbelo

Escribe la respuesta a la pregunta.
¿Por qué es importante llevar buenos registros?

_____

_____

_____

_____

Ejercita tu mente

Lección 1

Nombre _____

Juego de palabras

Escribe un término para cada definición.

elegir materiales   proceso de diseño   solución   examinar

pasos que siguen los ingenieros para resolver un problema

__ __ __ __ __ __ __ __ __ __ __
   8   4   1

respuesta a un problema

__ __ __ __ __ __ __ __
   9   2

lo que se hace para ver si una solución funciona

__ __ __ __ __ __ __ __
         6 5

lo que se hace antes de construir un diseño

__ __ __ __ __ __ __ __ __ __ __ __ __ __ __ __
      3   7

Resuelve la adivinanza. Escribe las letras numeradas en orden en las líneas de abajo.

Soy un científico que aplica las matemáticas y las ciencias para resolver problemas. ¿Quién soy?

__ __ __ __ __ __ __ __ __
1 2 3 4 5 6 7 8 9

53

Aplica los conceptos

Completa el diagrama de flujo con los pasos del proceso de diseño.

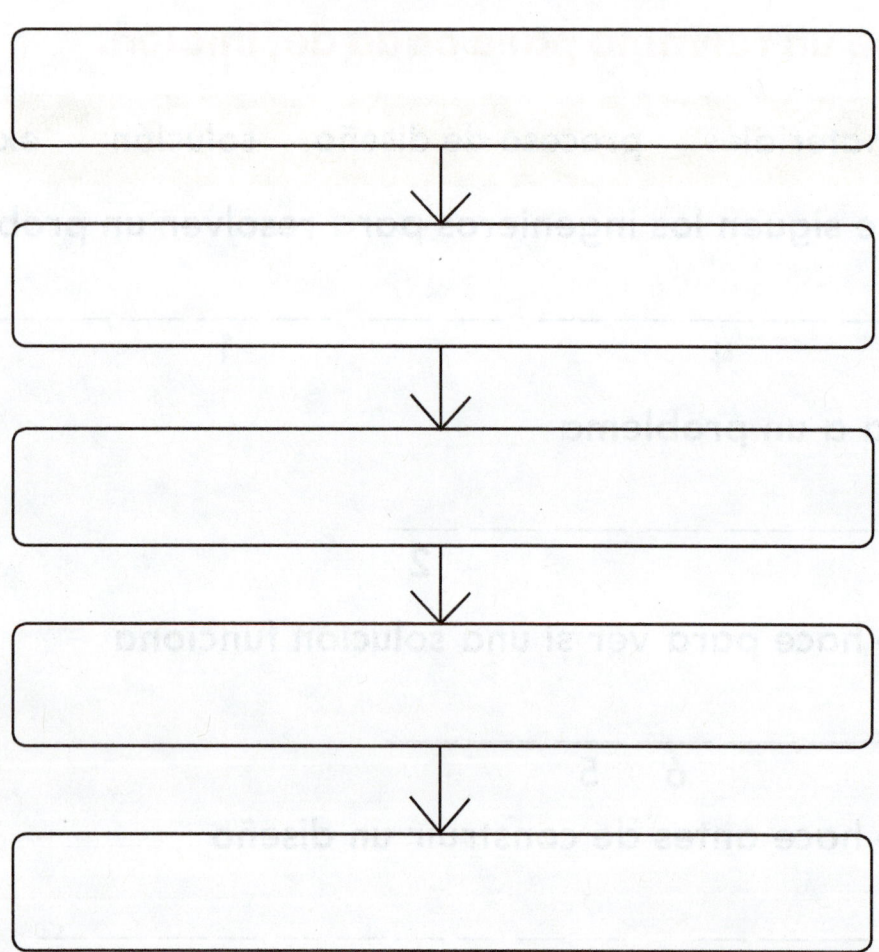

El proceso de diseño

En familia: Identifique un problema de casa junto con su niño, por ejemplo, que estén perdidas las llaves de la casa. Pida a su niño que lo guíe a través de los pasos del proceso de diseño para planear y construir una solución.

Rotafolio de investigación, pág. 8

Lección 2
INVESTIGACIÓN

Nombre _____

Pregunta esencial

¿Cómo podemos usar el proceso de diseño?

Establece un propósito

Di lo que quieres descubrir.

_____

_____

Piensa en el procedimiento

❶ ¿Por qué tienes que planear tu solución?

_____

_____

_____

❷ ¿Por qué tienes que probar tu solución?

_____

_____

_____

55

Anota tus datos

Haz un dibujo que comunique tu solución y los resultados de la prueba. Rotula los materiales. Escribe una leyenda que diga cómo funciona la solución.

Saca tus conclusiones

¿Cómo te ayudó el proceso de diseño a resolver el problema?

Haz más preguntas

¿Qué otras preguntas podrías hacer sobre el uso del proceso de diseño?

Lección 3

Pregunta esencial

¿Qué es la tecnología?

Ponte a pensar

Halla la respuesta a la pregunta en la lección.

Usas la tecnología de esta ilustración todos los días. ¿Qué es?

Es un _____.

Lectura con propósito

Vocabulario de la lección

1. Ojea la lección.
2. Escribe aquí los 2 términos de vocabulario.

_____ _____

Por diseño

¿Te cepillaste los dientes o encendiste una luz hoy? Tanto el cepillo de dientes como la luz son tipos de tecnología. La **tecnología** es lo que los ingenieros construyen para satisfacer necesidades y resolver problemas. Todo lo que se diseña para ayudarnos a hacer cosas es tecnología.

Lectura con propósito

Halla la oración que dice el significado de **tecnología**. Subraya la oración.

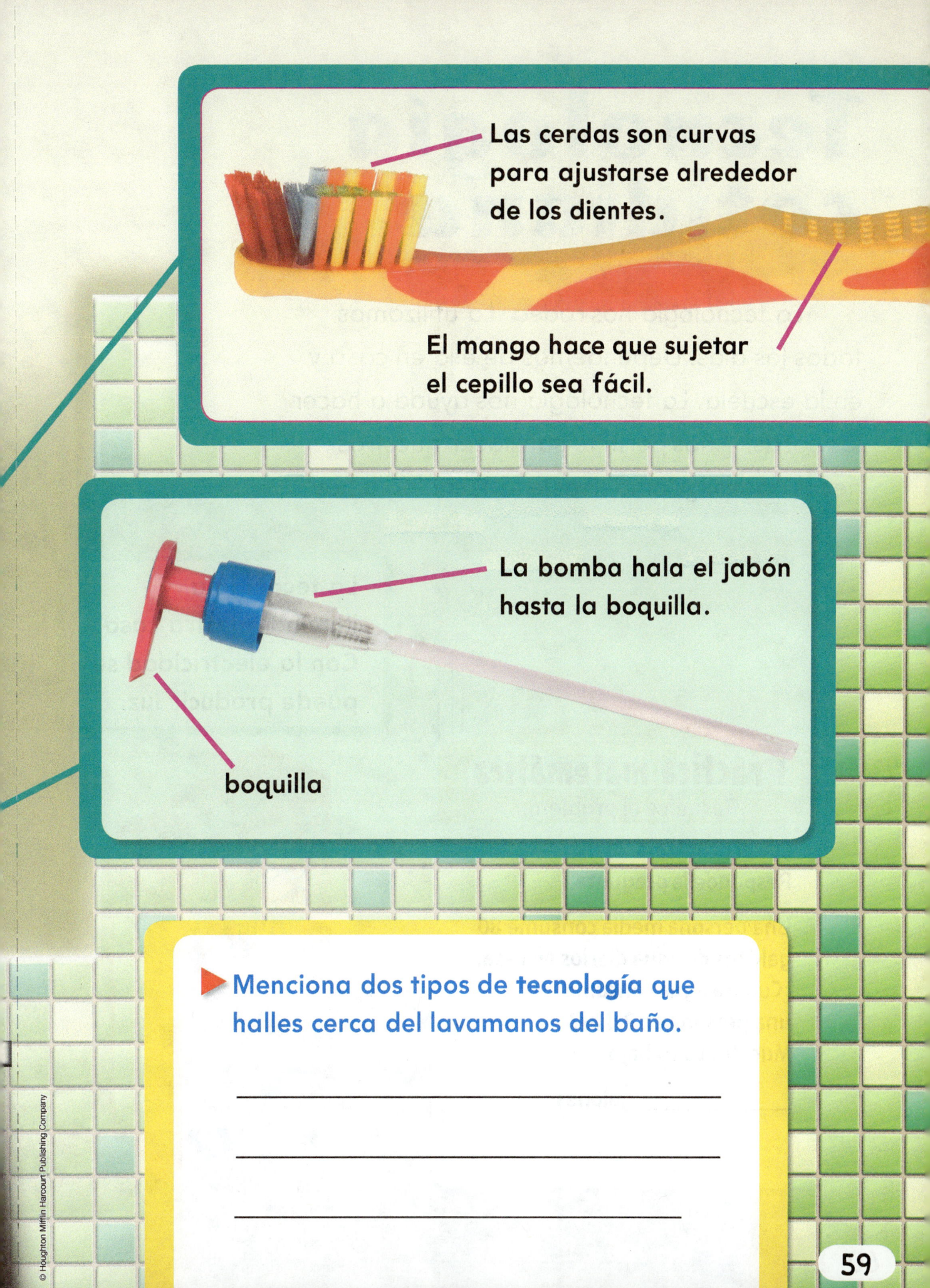

Las cerdas son curvas para ajustarse alrededor de los dientes.

El mango hace que sujetar el cepillo sea fácil.

La bomba hala el jabón hasta la boquilla.

boquilla

▶ Menciona dos tipos de **tecnología** que halles cerca del lavamanos del baño.

_____

_____

_____

59

Tecnología cotidiana

La tecnología nos rodea. La utilizamos todos los días. Dependemos de ella en casa y en la escuela. La tecnología nos ayuda a hacer las cosas. Y nos permite satisfacer nuestras necesidades. ¿Cómo usaste la tecnología hoy?

La tecnología ilumina nuestra casa. Con la electricidad se puede producir luz.

Práctica matemática
Resuelve el problema

Lee el problema.
Responde la pregunta.

Una persona media consume 80 galones de agua diarios en casa. ¿Cuánta agua consume una persona en 2 días? Muestra tu trabajo.

_____ galones

▶ Cuando se va la electricidad, también se va la luz. ¿Qué otra tecnología podrías usar para iluminar tu casa?

_____

_____

La tecnología permite que llegue agua potable a nuestra casa.

La tecnología nos permite cocinar alimentos. En un horno, hornillas y un horno microondas se cocinan alimentos y se calienta agua.

No corras riesgos

La tecnología es útil cuando la usamos con cuidado. Puede no ser segura si no la usamos con cuidado.

Debemos usar cada tipo de tecnología de la manera para la cual fue diseñada. Debemos usar equipo de protección si es necesario. Si usamos la tecnología correctamente no corremos riesgos.

Lectura con propósito

La idea principal es la idea más importante sobre algo. Subraya con dos líneas la idea principal.

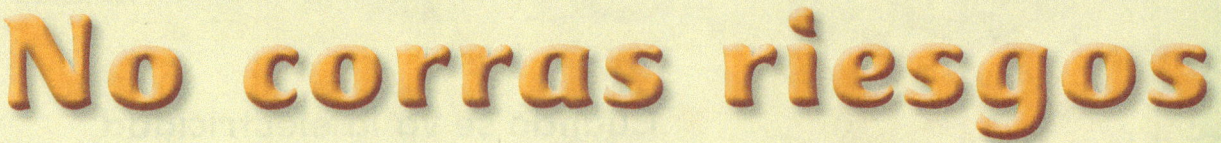

¡Las cosas que te mantienen seguro también son tecnología!

El plástico duro evita que te caigan cosas en los ojos.

El poliestireno y la cobertura dura protegen la cabeza.

Las cintas sujetan el casco en su lugar.

▶ ¿Qué tecnología te mantiene seguro en el carro?

_____

_____

_____

63

Por qué es importante

Efectos medioambientales

La tecnología puede afectar al medioambiente. Un **medioambiente** son todos los seres vivos y los seres no vivos que habitan un lugar.

Las baterías, por ejemplo, son una tecnología útil. Proporcionan energía a teléfonos, carros, juguetes y otras cosas. Pero también pueden hacer daño al medioambiente.

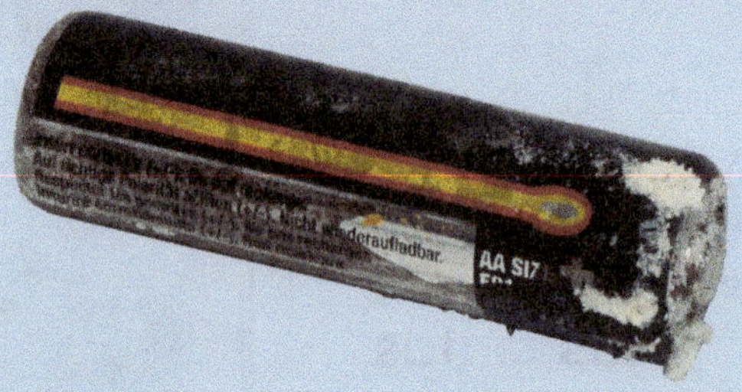

Cuando las baterías viejas se quiebran, contaminan el agua y el suelo.

Algunas baterías pueden usarse una y otra vez. La mayoría de las baterías pueden reciclarse. ¿Cómo crees que esto ayuda al medioambiente?

▶ Escribe dos maneras en las que puedes evitar que las baterías se desechen.

_____
_____
_____

Resúmelo

1 Enciérralo en un círculo

Encierra en un círculo los ejemplos de tecnología.

2 Escríbelo

Escribe una manera en que dependemos de la tecnología.

_____

_____

_____

3 Dibújalo

Dibuja una manera en que usas la tecnología sin correr riesgos.

Ejercita tu mente

Lección 3

Nombre _____

Juego de palabras

Empareja cada palabra con su significado.

| lo que los ingenieros construyen para satisfacer necesidades y resolver problemas | medioambiente |

| todos los seres vivos y los seres no vivos que habitan un lugar | tecnología |

Escribe dos maneras en que la tecnología puede afectar al medioambiente.

67

Aplica los conceptos

Completa la tabla. Escribe los distintos tipos de tecnología.

Tecnología

Tecnología que uso todos los días
_____
_____

Tecnología que debo usar con cuidado
_____
_____

Tecnología que afecta al medioambiente
_____
_____

En familia: Pida a su niño que señale ejemplos de tecnología en su casa. Comenten cómo usar la tecnología sin correr riesgos.

Rotafolio de investigación, pág. 10

Lección 4
INVESTIGACIÓN

Nombre _____

Pregunta esencial

¿Cómo podemos mejorar la tecnología?

Establece un propósito

Di lo que quieres descubrir.

_____

_____

Piensa en el procedimiento

❶ ¿Qué objetos podrías elegir?

_____

_____

❷ ¿Cómo podrías mejorar tu objeto?

_____

69

Anota tus datos

Haz un dibujo que comunique tu solución. Rotula tu dibujo.

Saca tus conclusiones

¿Cómo mejora tu solución al objeto que elegiste?

_____

_____

_____

Haz más preguntas

¿Qué otras preguntas podrías hacer sobre mejorar tecnologías?

_____

_____

_____

_____

Profesiones en las ciencias

Pregúntale a un diseñador de montañas rusas

¿Qué hacen los diseñadores de montañas rusas?
Diseñamos montañas rusas para parques de diversiones. Creamos ideas para paseos nuevos. También calculamos cuánto dinero costará construirlos.

¿Los diseñadores trabajan solos?
Trabajamos en equipo para hacer el diseño. El diseño debe ser seguro y divertido para todos los que suben a la montaña rusa.

¿Cuánto tiempo lleva construir una montaña rusa?
Alrededor de un año, desde el diseño hasta el fin. Los diseños simples llevan menos tiempo.

¡Es tu turno!

▶ ¿Qué pregunta le harías a un diseñador de montañas rusas?

_____
_____
_____
_____

Profesiones  **en las ciencias** continuación

Diseña tu propia montaña rusa

▶ Dibuja tu propia montaña rusa en este espacio.

▶ Explica tu diseño. Escribe acerca del movimiento en tu montaña rusa.

_____

_____

_____

Repaso de la Unidad 2

Nombre _____

Repaso de vocabulario

Completa las oraciones con los términos de la casilla.

> proceso de diseño
> medioambiente
> tecnología

1. El conjunto de pasos que siguen los ingenieros para resolver problemas es el _____.

2. Lo que los ingenieros hacen para satisfacer necesidades y resolver problemas es _____.

3. Todos los seres vivos y los seres no vivos que habitan un lugar forman un _____.

Conceptos de ciencias

Rellena la burbuja con la letra de la mejor respuesta.

4. ¿Qué tipo de trabajo hacen los ingenieros?
   - Ⓐ hacen diseños nuevos para que la gente construya
   - Ⓑ inventan pasos nuevos en el proceso de diseño
   - Ⓒ resuelven problemas aplicando matemáticas y ciencias

5. ¿Cómo puede la tecnología afectar al medioambiente?
   - Ⓐ Lo puede ayudar.
   - Ⓑ Lo puede dañar.
   - Ⓒ Lo puede ayudar o dañar.

6. Elige estos objetos para diseñar la solución de un problema.

¿Qué paso del proceso de diseño hiciste?

Ⓐ Buscar un problema.
Ⓑ Planear y construir.
Ⓒ Examinar y mejorar.

7. ¿Qué objeto del salón de clases es tecnología?

Ⓐ un lápiz
Ⓑ una planta
Ⓒ un estudiante

8. ¿Por qué los ingenieros siguen el proceso de diseño?

Ⓐ Es fácil.
Ⓑ Los ayuda con los instrumentos.
Ⓒ Les sirve para resolver problemas.

9. Observa este objeto.

¿De qué es ejemplo?

Ⓐ de proceso de diseño
Ⓑ de un ingeniero
Ⓒ de tecnología

74 Unidad 2 Repaso de la Unidad

10. ¿Cuándo usamos tecnología?

    Ⓐ solo cuando tenemos un problema
    Ⓑ casi todos los días para satisfacer necesidades
    Ⓒ solo cuando queremos ayudar al medioambiente

11. Sigues los pasos del proceso de diseño. ¿Cómo puedes saber si una solución funciona?

    Ⓐ preguntándoles a otros
    Ⓑ escribiendo y dibujando la solución
    Ⓒ probando la solución

12. ¿Cómo usa tecnología esta persona?

    Ⓐ para limpiar
    Ⓑ para no correr riesgos
    Ⓒ para cocinar la cena

Repaso de la Unidad Unidad 2

Investigación y La gran idea

Escribe la respuesta de estas preguntas.

13. Tienes que hallar una manera de llevar seis latas o botellas de bebida al mismo tiempo. Explica qué pasos seguirías para diseñar un instrumento que resuelva tu problema.

    1. _____

    2. _____

    3. _____

    4. _____

14. Observa esta ilustración.

    a. Identifica cómo se usa esta tecnología.

    _____
    _____

    b. ¿Qué tiene de bueno esta tecnología?

    _____
    _____

    c. ¿Qué tiene de malo esta tecnología?

    _____

76 Unidad 2 Repaso de la Unidad

UNIDAD 3
Todo acerca de los animales

La gran idea

Hay muchos tipos de animales y todos tienen ciertas necesidades.

tortuga marina

Me pregunto por qué
Las tortugas marinas entierran sus huevos en la arena. ¿Por qué?
Da vuelta a la página para descubrirlo.

UNIDAD 3

Por esta razón Las tortugas madre deben dar calor a sus huevos y protegerlos hasta que las crías rompan el cascarón.

En esta unidad vas a aprender más sobre La gran idea, y a desarrollar las preguntas esenciales y las actividades del Rotafolio de investigación.

Niveles de investigación ■ Dirigida ■ Guiada ■ Independiente

Comprueba tu progreso

La gran idea Hay muchos tipos de animales y todos tienen ciertas necesidades.

Preguntas esenciales

Lección 1 ¿Cuáles son las necesidades de los animales? . 79
  Rotafolio de investigación pág. 11 A criar grillos/Un animal que conozco

S.T.E.M. Ingeniería y tecnología: En la granja 89
  Rotafolio de investigación pág. 12 Diséñalo: Proteger la lechuga

Lección 2 ¿Qué tipos de animales hay? 91
  Rotafolio de investigación pág. 13 Plumas y pelos/Comparar animales

Investigación de la Lección 3 ¿De qué sirve lo que cubre a los animales? 103
  Rotafolio de investigación pág. 14 ¿De qué sirve lo que cubre a los animales?

Lección 4 ¿Cómo es el ciclo de vida de algunos animales?. . 105
  Rotafolio de investigación pág. 15 ¿Dónde está la oruga?/¿Cómo es mi ciclo de vida?

Personajes en las ciencias: Salim Ali 117

Lección 5 ¿Qué son los fósiles? 119
  Rotafolio de investigación pág. 16 Excavación de fósiles/Hagamos modelos de fósiles

Investigación de la Lección 6 ¿Cómo se hace un modelo de fósil? 129
  Rotafolio de investigación pág. 17 ¿Cómo se hace un modelo de fósil?

Repaso de la Unidad 3 131

¡Ya entiendo La gran idea!

Cuaderno de ciencias
No olvides escribir lo que piensas sobre la Pregunta esencial antes de estudiar cada lección.

78

Lección 1

Pregunta esencial

¿Cuáles son las necesidades de los animales?

Ponte a pensar

Halla la respuesta a la pregunta en la lección.

¿En qué se parece una rana a un ser humano?

Ambos necesitan alimento para _____.

Lectura con propósito

Vocabulario de la lección

1. Ojea la lección.
2. Escribe aquí los 4 términos de vocabulario.

_____   _____

_____   _____

Lo más básico

Los animales son seres vivos. Los seres humanos son seres vivos también. Al igual que las plantas, los animales y los seres vivos tienen necesidades básicas. Deben satisfacer sus necesidades básicas para **sobrevivir**, o mantenerse vivos. ¿Qué necesidades básicas satisfacen estos animales? ¿En qué se parecen a las plantas?

Lectura con propósito

Encierra en un círculo las palabras que te digan el significado de **sobrevivir**.

Los animales necesitan agua para sobrevivir.

Agua por todos lados

Los seres humanos también necesitan agua. Beber agua nos permite sobrevivir. El agua también se halla en otras cosas que bebemos, como la leche y el jugo.

La niña obtiene el agua que necesita de esta bebida.

▶ Haz una ilustración y rotúlala para mostrar lo que te gusta beber.

Por qué es importante

¡Está en el aire!

Los seres vivos necesitan oxígeno para sobrevivir. Los <mark>pulmones</mark> son la parte del cuerpo con la que los humanos y muchos animales toman oxígeno del aire. Los seres humanos y estos animales toman el aire a través de la boca y la nariz.

Ponte una mano en el pecho y respira hondo. ¿Sientes cómo tus pulmones toman el aire?

Este niño está nadando bajo el agua con un esnórkel.

▶ ¿Por qué se necesita un esnórkel para nadar bajo el agua?

_____
_____

Está en el agua

Algunos animales, como los peces, tienen branquias para tomar el oxígeno. Las branquias son la parte con que ciertos animales toman oxígeno del agua. ¿Puedes hallar la branquia a uno de los costados de la cabeza del pez?

▶ Rotula la parte del pez que toma oxígeno.

Práctica matemática
Interpretar una tabla

Ritmo respiratorio de los animales

Responde las preguntas con los datos de la tabla.

Nombre del animal	Respiraciones por minuto
gato	25
perro	20
gorrión	50
caballo	15

1. ¿Cuántas veces más que un gato respira por minuto un gorrión?

_____

2. ¿Cuántas veces más que un caballo respira por minuto un perro?

_____

83

Alimentos para crecer

El alimento es una necesidad importante para los animales y los seres humanos. El alimento ayuda a que los animales y los seres humanos crezcan y cambien. Hay animales que comen plantas y hay animales que se comen a otros animales. Los seres humanos, así como ciertos animales, pueden alimentarse tanto de plantas como de animales.

La jirafa se come las hojas de los árboles.

▶ Dibuja un alimento que te guste comer.

Protección para todos

Los animales necesitan espacio para moverse, para hallar alimento y para crecer. Los seres humanos y muchos animales también necesitan refugio. Un **refugio** es un lugar seguro donde vivir.

Los seres humanos también necesitan algo que los animales no. Necesitamos prendas de vestir que protejan nuestros cuerpos del tiempo frío y lluvioso.

Tipos de refugio

Los osos viven en guaridas.

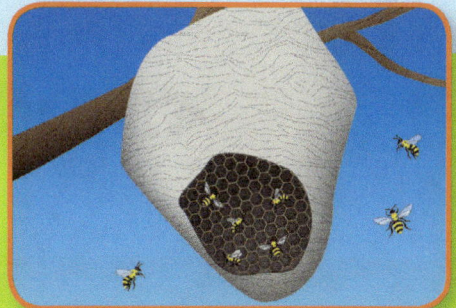
Las abejas viven en colmenas.

El perro de las praderas vive en una madriguera.

Los seres humanos viven en casas.

Lectura con propósito
Encierra en un círculo los nombres de los refugios.

Resúmelo

1. Enciérralo en un círculo

Encierra en un círculo el ser vivo que <u>no</u> tiene pulmones para tomar el oxígeno.

2. Márcalo

Tacha lo que <u>no</u> necesitan los seres humanos para sobrevivir.

3. Dibújalo

Dibuja un animal en su refugio.
Muestra al animal satisfaciendo otra necesidad.

Ejercita tu mente

Lección 1

Nombre _____

Juego de palabras

**Lee las palabras y las claves.
Escribe la palabra que se corresponda con cada clave.**

| pulmones | branquias | refugio | sobrevivir | oxígeno |

1. Soy un lugar seguro donde vivir. __ __ __ __ __ __ __

2. Somos la parte del cuerpo con que tomas el oxígeno.

   __ __ __ __ __ __ __ __

3. Mantenerse vivo. __ __ __ __ __ __ __ __ __ __

4. Somos la parte con que peces y renacuajos toman oxígeno para sobrevivir bajo el agua.

   __ __ __ __ __ __ __ __ __

5. Estoy en el aire que respiras. __ __ __ __ __ __ __

Aplica los conceptos

Completa el diagrama de Venn. Muestra en qué se parecen y en qué se diferencian las necesidades de las plantas y las necesidades de los animales.

Necesidades de los animales | Ambos | Necesidades de las plantas

Completa la oración.
Expresa la idea principal de esta lección.
Las necesidades básicas son ciertas cosas que plantas y animales necesitan para _____.

En familia: Converse con su niño acerca de animales que él o usted conozcan o tengan. Pida a su niño que le cuente cómo esos animales satisfacen sus necesidades básicas.

S.T.E.M.
Ingeniería y tecnología

En la granja
Sistema de granja

Una granja es un tipo de sistema. Cada sistema es un grupo de partes que funcionan en conjunto. Todas las partes deben funcionar para que todo el sistema ande bien. Entre las partes de una granja están los cultivos, los animales, los granjeros y los instrumentos.

Los granjeros cuidan sus cultivos y sus animales con instrumentos como las cercas.

Los granjeros planean dónde sembrar sus cultivos. Saben qué épocas del año son mejores para sembrar.

continuación

¿Qué hacer?

Lee el cuento. Luego escribe cómo resolverías el problema.

Tienes una granja pequeña. Todo funciona bien. Pero un día, el viento derriba parte de una cerca de tu granja.

1. ¿Cómo afecta la cerca rota a la granja?
2. ¿Qué harías para resolver el problema?
3. ¿Cómo crees que ayudará tu solución?

1. _____
_____
2. _____
3. _____

Parte de la base

 Diseña soluciones para otros problemas en una granja. Completa **Diséñalo: Proteger la lechuga** en el Rotafolio de investigación.

Lección 2

Pregunta esencial

¿Qué tipos de animales hay?

Ponte a pensar

Halla la respuesta a la pregunta en la lección.

Los pingüinos no vuelan. Pero son igualmente aves. ¿Por qué?

_____

Lectura con propósito

Vocabulario de la lección

1. Ojea la lección.
2. Escribe aquí los 6 términos de vocabulario.

_____   _____

_____   _____

_____   _____

Animales estrellas

Muchos tipos de animales viven en la Tierra. La forma, el color y el tamaño de los animales son diferentes. Cada animal tiene diferentes partes del cuerpo y diferentes cosas que recubren su cuerpo. Además, los animales tienen a sus crías de distintas maneras. Estas son algunas estrellas del mundo animal.

> **Lectura con propósito**
>
> La idea principal es la idea más importante sobre algo. Subraya dos veces la idea principal.

Algunos animales ponen huevos.

Otros animales dan a luz crías vivas.

Partes del cuerpo de los animales

Los peces nadan y se dirigen con aletas.

Las ventosas permiten que la rana trepe y se sostenga.

El elefante sujeta y levanta cosas con la trompa. También le sirve para beber agua.

▶ **Piensa en un animal. Dibuja cómo usa las partes de su cuerpo para moverse.**

Por un pelo

Un **mamífero** tiene el cuerpo cubierto de pelo o pelaje. La mayoría de los mamíferos madre dan a luz crías vivas. Las crías beben leche del cuerpo de su madre.

Lectura con propósito

Halla la oración que dice el significado de **mamífero**. Subraya la oración.

Los mamíferos respiran aire. Los manatíes suben a la superficie del agua para respirar aire.

Muchos mamíferos tienen patas para moverse. Este antílope corre rápido con sus patas.

Una pluma delicada

Un **ave** tiene el cuerpo cubierto de plumas. Las aves también tienen alas. Las plumas y las alas permiten que la mayoría de las aves vuelen. Las aves buscan alimento y construyen nidos con el pico. Las aves madre ponen huevos para tener a sus crías.

No todas las aves vuelan. El kiwi tiene plumas y alas pero no puede volar.

Este pelícano tiene alas anchas. Atrapa peces con su pico largo y profundo.

▶ **Escribe el nombre de lo qué recubre el cuerpo de cada grupo.**

mamíferos	aves
_____	_____
_____	_____

Escamas

Un **reptil** tiene la piel seca cubierta de escamas. La mayoría de los reptiles caminan sobre cuatro patas. La mayoría de los reptiles madre ponen huevos. La mayoría de los reptiles madre ponen sus huevos en la tierra.

Las serpientes son reptiles pero no tienen patas. Algunas serpientes madre dan a luz crías vivas.

Una tortuga tiene un caparazón duro. El caparazón la mantiene protegida.

En la tierra y en el agua

Un **anfibio** vive en el agua y en la tierra. La mayoría de los anfibios tienen piel suave y húmeda. Desovan en el agua. Los anfibios jóvenes viven en el agua y la mayoría de los adultos viven en la tierra.

Este renacuajo es un anfibio, pero tiene piel áspera e irregular. Sus patas traseras le permiten saltar.

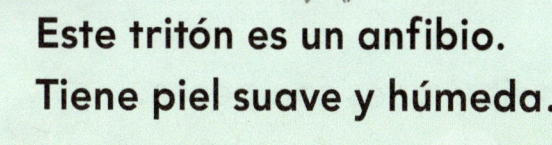

Este tritón es un anfibio. Tiene piel suave y húmeda.

▶ Escribe dónde pone sus huevos cada grupo.

reptiles	anfibios
_____	_____
_____	_____

Un cuento de peces

Los **peces** viven en el agua y obtienen oxígeno a través de las branquias. Nadan y se dirigen con aletas. La mayoría de los peces tienen el cuerpo cubierto de escamas. La mayoría de los peces ponen huevos.

ídolos moro

betta

Los ídolos moro y los betta son peces. Ponen huevos en el agua

Los tiburones son peces. Dan a luz a crías vivas.

Sumamente cómodo

Un **insecto** tiene un cuerpo de tres partes y seis patas. El exterior de su cuerpo es duro y no tiene huesos. La mayoría de los insectos viven en la tierra. Hay muchos insectos que vuelan.

La cabeza es una parte del insecto. ¿Dónde está la cabeza de estos insectos?

catarina

mariposa

saltamontes

▶ **Escribe dónde vive cada grupo.**

peces	insectos

Resúmelo

1 Márcalo

Pon X a los anfibios. Encierra en círculo los reptiles.

2 Rotúlalo

Dibuja un pez. Rotula sus partes.

3 Emparéjalo

Empareja cada parte con su función.

aletas	para volar
branquias	para respirar
alas	para nadar

100

Ejercita tu mente

Lección 2

Nombre _____

Juego de palabras

Usa las siguientes palabras para rotular cada animal.

pez   anfibio   insecto   ave   reptil   mamífero

_____   _____   _____

_____   _____   _____

Aplica los conceptos

Completa la tabla. Muestra lo que sabes acerca de cada animal.

Animales

	manatí	renacuajo	kiwi
lo que recubre su cuerpo			
cómo tiene a sus crías			
dónde vive			

En familia: Pida a su niño que observe animales vivos o ilustraciones de animales. Comente sobre los distintos grupos de animales. Pida a su niño que mencione el grupo al que pertenece cada animal y que explique por qué.

Para la casa

Rotafolio de investigación, pág. 14

Lección 3
INVESTIGACIÓN

Nombre _____

Pregunta esencial

¿De qué sirve lo que cubre a los animales?

Establece un propósito

Escribe lo que quieres descubrir durante esta investigación.

_____

_____

Piensa en el procedimiento

1 ¿A qué cosa que recubre el cuerpo se parece la manteca vegetal?

_____

_____

2 ¿A qué cosa que recubre el cuerpo se parece el guante?

_____

_____

103

Anota tus datos

Escribe caliente o fría para anotar tus observaciones.

1. La mano en la manteca vegetal se sentía más _____ que la otra mano.

2. La mano en el guante se sentía más _____ que la otra mano.

Saca tus conclusiones

1. ¿La grasa mantiene calientes a los animales en medioambientes fríos? Di cómo lo sabes.

_____
_____
_____

2. ¿El pelaje mantiene calientes a los animales? Di cómo lo sabes.

_____
_____

Haz más preguntas

¿Qué otras preguntas puedes hacer sobre lo que cubre el cuerpo de los animales?

_____
_____

Pregunta esencial

¿Cómo es el ciclo de vida de algunos animales?

Halla la respuesta a la adivinanza en la lección.

¿Cuándo es que la rana no parece rana?

Cuando es un _____.

Lectura con propósito

Vocabulario de la lección

1. Ojea la lección.
2. Escribe aquí los 6 términos de vocabulario.

_____ _____

_____ _____

_____ _____

105

¿De dónde vienen?

Un perro puede tener perritos. Un gato puede tener gatitos. Los animales adultos se pueden **reproducir**, o tener crías. Los animales como los perritos y los gatitos se parecen a sus progenitores. ¿En qué se parece un gatito a un gato adulto?

Otras crías de animales no se parecen a sus padres al principio, pero pasan por cambios y terminan pareciéndose a ellos.

El gatito se parece a sus progenitores.

Al principio, la mariposa no se parece a sus progenitores.

▶ **Nombra otro animal que se parezca a sus padres.**

_____

¿Qué hay en el huevo?

Muchos animales empiezan su vida rompiendo el cascarón de un huevo. Los animales cambian a medida que crecen. Los cambios que le ocurren a un animal durante su vida forman su **ciclo de vida**.

▶ ¿En qué se parecen los animales de esta tabla?

_____
_____

Ciclos de vida de los animales

Clase de animal	Huevo	Cría	Adulto
gallina			
tortuga			
trucha arco iris			

Huevo
Una rana empieza su vida dentro de un huevo diminuto.

Renacuajo recién nacido
Un renacuajo sale del huevo y vive en el agua. Toma oxígeno por las branquias.

Nace, nada y salta

¿Sabías que una rana empieza su vida dentro de un huevo diminuto? Para llegar a ser ranas adultas, las crías pasan por ciertos cambios. Estos cambios se llaman **metamorfosis**.

Lectura con propósito

Encierra en un círculo el nombre de la parte del cuerpo por donde un renacuajo toma el oxígeno. Subraya el nombre de la parte del cuerpo que usa la rana adulta para tomar oxígeno.

Renacuajo en crecimiento
El renacuajo se desarrolla. Le crecen cuatro patas y, más adelante, pierde la cola.

Rana
La rana adulta puede vivir en la tierra o en el agua. Salta. Y respira por los pulmones.

Padres polares

Una osa polar prepara un refugio para sus oseznos a finales de octubre. Cava una guarida en la nieve. Allí, sus crías se mantendrán calientes y fuera de peligro. Ella dará a luz en invierno.

▶ ¿En qué se diferencia el ciclo de vida de un oso polar del ciclo de vida de una rana?

_____

Recién nacido
El osezno polar nace dentro de la guarida. Se alimenta de la leche de su madre.

Osezno en crecimiento
El osezno empieza a explorar fuera de la guarida.

La magnífica monarca

La mariposa monarca también tiene un ciclo de vida. La mariposa hembra adulta pone un huevo diminuto. El huevo es tan pequeño que apenas se ve. En esta fotografía se ve de cerca un huevo sobre una hoja.

1) el huevo

▶ ¿Por qué crees que un huevo de mariposa es tan pequeño?

_____
_____
_____

2 la larva

Una **larva** diminuta, u oruga, sale del huevo. La oruga es la cría de una mariposa. La larva come mucho y crece rápidamente.

Después, la larva deja de comer y de moverse. La larva se transforma en crisálida y se le forma una cáscara dura.

La **crisálida** pasa por una metamorfosis dentro de la cáscara. Le crecen alas y le ocurren muchos otros cambios.

3 la crisálida

4 la mariposa adulta

Finalmente, una mariposa adulta sale de la cáscara. Ahora, podrá tener sus propias crías.

Lectura con propósito

A través de las palabras clave puedes determinar el orden de los sucesos. Dibuja una casilla alrededor de las palabras clave **después** y **finalmente**.

Resúmelo

1 ¡Márcalo!

Marca con una X el animal que no se parece a su cría.

2 ¡Dibújalo!

Haz un dibujo de la madre de este animal.

3 ¡Resuélvelo!

Responde a la adivinanza.

Ahora soy pequeñito.
Pero pronto,
creceré y cambiaré
y un gato adulto seré.
¿Sabes qué soy? _____

4 ¡Piénsalo!

Un , ¿se parece

más a un , a un

 o a una ?

¿Por qué?

Ejercita tu mente

Lección 4

Nombre_____

Juego de palabras

Completa el crucigrama con estas palabras.

renacuajo   cambio   crisálida   larva   reproducir   ciclo

Horizontales

1. Cría de rana que vive en el agua
2. Crear más seres vivos de la misma especie
3. La etapa que viene después del huevo en el ciclo de vida de una mariposa

Verticales

4. Algo que ocurre durante la metamorfosis de las ranas y de las mariposas
5. Todas las etapas de la vida de un animal que forman su _____ de vida.
6. La etapa entre ser larva y ser adulta, en el ciclo de vida de una mariposa

115

Aplica los conceptos

¿En qué se diferencia el ciclo de vida de una mariposa del ciclo de vida de un oso polar? Muestra tu respuesta en esta tabla.

Ciclos de vida

Mariposa	Oso polar
La mariposa nace de un huevo.	_____
_____	El osezno polar se alimenta de la leche de su madre.
_____	El osezno polar se parece mucho a sus progenitores.
La larva de mariposa no se queda con sus progenitores.	_____

En familia: Hable con su niño sobre los ciclos de vida. Busque fotografías del niño y otros familiares para mostrar cómo han crecido y cambiado con el paso de los años.

Personajes en las ciencias

Aprende sobre...
Salim Ali

Salim Ali es conocido como el "hombre pájaro" de la India. Salim viajó por toda la India para estudiar las aves en sus hábitats. Descubrió varias especies y escribió libros sobre las aves que observaba. Muchos han disfrutado de sus libros.

...Dato curioso

Los observadores de aves usan binoculares como estos para ver los pájaros más de cerca.

Personajes en las ciencias *continuación*

¡Mira cómo crece el mirlo!

Salim Ali estudiaba las aves y tú también puedes estudiarlas.

▶ Ordena el ciclo de vida de un mirlo. Numera las fotos de 1 a 4.

____ mirlo joven

____ mirlo adulto

____ mirlo recién nacido

____ huevos de mirlo

▶ ¿En qué se parece el ciclo de vida de un mirlo al ciclo de vida de otros animales que conoces?

_____
_____
_____
_____
_____

118

Lección 5

Pregunta esencial

¿Qué son los fósiles?

Ponte a pensar

Halla la respuesta a la pregunta en la lección.

Los dinosaurios ya no viven en la Tierra. ¿Cómo aprendemos sobre ellos?

Observando los _____.

Lectura con propósito

Vocabulario de la lección

1. Ojea la lección.
2. Escribe aquí los 3 términos de vocabulario.

_____ _____

_____

119

Hallazgos fósiles

Estos huesos son de un dinosaurio. El **dinosaurio** es un animal que vivía en la Tierra hace millones de años. Los dinosaurios se extinguieron. **Extinto** quiere decir que ya no existe o vive. Por lo tanto, ¿cómo aprendemos sobre los dinosaurios?

Lectura con propósito

Halla la oración que dice el significado de **extinto**. Subraya la oración.

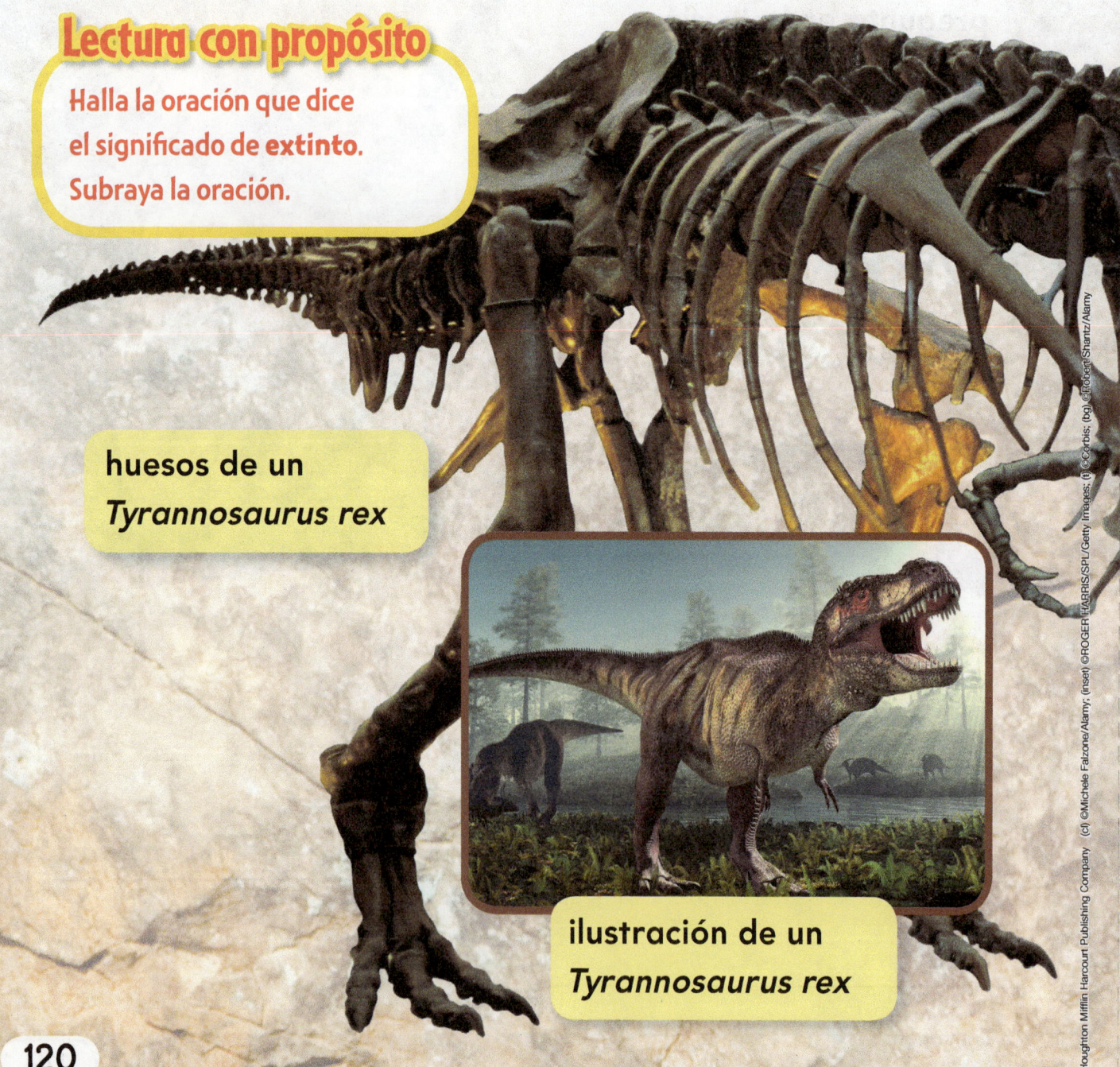

huesos de un *Tyrannosaurus rex*

ilustración de un *Tyrannosaurus rex*

contramolde fósil de una concha de mar

Los científicos aprenden sobre los dinosaurios a través de los fósiles. Cada **fósil** son los restos de animales o plantas que vivieron hace mucho tiempo. Un fósil puede ser una huella o una impresión en roca. O también pueden ser los huesos que se convirtieron en roca.

impresión fósil de un helecho

▶ Este fósil se formó de un helecho. Haz un dibujo que cómo debió verse el helecho cuando estaba vivo.

121

Cómo se forman los fósiles

Los fósiles se forman cuando las plantas y los animales quedan enterrados en lodo, arcilla o arena. Sigue los pasos para ver cómo se formó este fósil.

▶ **Nombra el paso que ocurrió antes de hallar el fósil.**

_____

Primero, la amonita murió. El lodo y la arena cubrieron la amonita.

Después, las partes blandas de su cuerpo se pudrieron. Su caparazón duro quedó.

122

fósil de amonita

Luego, el lodo, la arena y el caparazón duro lentamente se convirtieron en roca.

Después de millones de años, la erosión removió la roca que rodeaba al fósil. Se halló el fósil.

Pistas fósiles

Los fósiles permiten que los científicos aprendan sobre los seres vivos que vivieron de hace mucho tiempo. Los científicos observan dónde se hallaron los fósiles. Unen las piezas de los fósiles. Comparan los fósiles de plantas y animales con plantas y animales actuales. Los fósiles nos dan pistas de cómo eran, qué comían y cómo se movían los animales que se extinguieron.

Lectura con propósito

La idea principal es la parte más importante acerca de algo. Subraya dos veces la idea principal.

▶ Podemos aprender del fósil de este ser que alguna vez estuvo vivo. ¿Qué comía?

_____

124

huesos de un mamut lanudo

ilustración de un mamut lanudo

▶ Podemos aprender sobre este mamut lanudo del medioambiente donde se halló su fósil. La ilustración muestra pelaje. ¿Para qué necesitaban el pelaje los mamuts lanudos?

_____

125

Resúmelo

1 Enciérralo en un círculo

Encierra en un círculo el animal que está extinto.

2 Emparéjalo

Empareja cada ser vivo con su fósil.

Ejercita tu mente

Lección 5

Nombre _____

Juego de palabras

Escribe una palabra de la casilla en cada línea para completar el cuento.

| dinosaurios | fósiles | extintos |

¿Alguna vez has estado en un museo de historia natural? Allí puedes aprender sobre los animales que están _____, o que ya no existen. Puedes aprender sobre los _____.

Fueron animales que vivieron en la Tierra hace millones de años.

Puedes ver los _____, o los restos de las plantas y animales que vivieron hace mucho tiempo. Algunos fósiles son impresiones de plantas pequeñas. Otros son huesos de animales enormes. Todos son geniales.

Aplica los conceptos

Completa el diagrama. Muestra cómo se forma un fósil.

Cómo se forma un fósil

```
┌─────────────────────────────┐
│ _____ │
│ _____ │
└─────────────────────────────┘
              ↓
┌─────────────────────────────┐
│ _____ │
│ _____ │
└─────────────────────────────┘
              ↓
┌─────────────────────────────┐
│ _____ │
│ _____ │
└─────────────────────────────┘
              ↓
┌─────────────────────────────┐
│ La erosión desgasta la roca.│
│ El fósil queda al descubierto.│
└─────────────────────────────┘
```

Para la casa

En familia: Ayude a su niño a investigar sobre una planta o un animal que ahora esté extinto. Comente cómo los fósiles nos sirven para aprender sobre las plantas y los animales que ya no existen.

Rotafolio de investigación, pág. 17

Lección 6 INVESTIGACIÓN

Nombre _____

Pregunta esencial

¿Cómo se hace un modelo de fósil?

Establece un propósito

Escribe lo que harás en esta investigación.

_____

_____

Piensa en el procedimiento

1. ¿Qué predices que sucederá cuando presiones la concha de mar en la plastilina?

_____

_____

2. ¿Por qué viertes pegamento blanco en la impresión de la concha de mar?

_____

_____

Anota tus datos

Dibuja y rotula las ilustraciones de cada modelo de fósil que hiciste.

Saca tus conclusiones

¿De qué dos maneras se forman los fósiles?

1 _____

_____

2 _____

_____

Haz más preguntas

¿Qué otras preguntas harías sobre los fósiles?

_____

_____

Repaso de la Unidad 3

Repaso de vocabulario

Completa las oraciones con los términos de la casilla.

> extintos
> refugio
> metamorfosis

1. Los dinosaurios ya no viven en la Tierra, por lo tanto, están _____.

2. Los cambios de aspecto que experimenta un animal se llaman _____.

3. Un animal que tiene un lugar seguro donde vivir tiene un _____.

Conceptos de ciencias

Rellena la burbuja con la letra de la mejor respuesta.

4. ¿En qué se parece el ciclo de vida de una rana al ciclo de vida de un ave?
   - Ⓐ Ambos nacen de huevos.
   - Ⓑ Ambos pasan por una metamorfosis.
   - Ⓒ Ambos se parecen a sus progenitores cuando nacen.

5. Ves un animal que pone huevos. ¿Cómo sabes si es un ave?
   - Ⓐ viendo si puede volar
   - Ⓑ viendo si tiene escamas
   - Ⓒ viendo si tiene plumas

6. ¿Qué parte del cuerpo de un pez se parece **más** a los pulmones de un gato?
   - Ⓐ las aletas
   - Ⓑ las branquias
   - Ⓒ las escamas

7. ¿Qué necesidad básica satisface el animal?

   - Ⓐ la necesidad de aire
   - Ⓑ la necesidad de alimento
   - Ⓒ la necesidad de refugio

8. ¿Cómo aprenden los científicos sobre los dinosaurios?
   - Ⓐ Estudian los fósiles.
   - Ⓑ Estudian los dinosaurios vivos.
   - Ⓒ Convierten los dinosaurios vivos en fósiles.

9. ¿De qué les sirven las aletas a los peces?
   - Ⓐ Las aletas les sirven a los peces para cambiar de dirección.
   - Ⓑ Las aletas permiten que los peces obtengan oxígeno.
   - Ⓒ Las aletas permiten que los peces pongan huevos.

Unidad 3   Repaso de la unidad

10. ¿Qué etapa del ciclo de vida de la mariposa muestra esta ilustración?

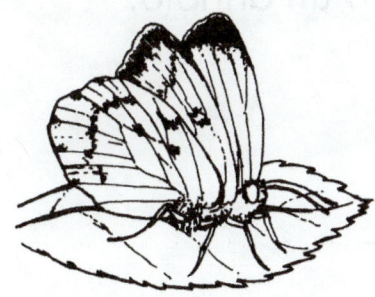

Ⓐ adulto
Ⓑ larva
Ⓒ crisálida

11. ¿Qué parte de un mamífero es **más probable** que se convierta en un fósil?
Ⓐ los huesos
Ⓑ el pelaje
Ⓒ la piel

12. Esta ave nace de un huevo.

¿El ciclo de vida de qué animal es **más** parecido al ciclo de vida del ave?
Ⓐ un oso
Ⓑ un perro
Ⓒ una tortuga

Repaso de la unidad   Unidad 3   133

Investigación y La gran idea

Escribe las respuestas de estas preguntas.

13. Quieres saber si este animal es un reptil o un anfibio.

¿Qué debes saber para clasificarlo?

_____

_____

14. Observa este fósil de pez.

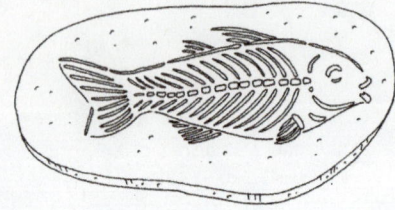

¿Cómo se formó?

1. _____

2. _____

_____

3. _____

_____

UNIDAD 4

Todo acerca de las plantas

La gran idea
Todas las plantas necesitan ciertas cosas para vivir y crecer. Tienen partes que les permiten crecer.

girasoles

Me pregunto por qué
Todos los girasoles miran hacia el sol. ¿Por qué?
Da vuelta a la página para descubrirlo.

UNIDAD 4

Por esta razón Las plantas, como los girasoles, necesitan luz solar para vivir. Miran hacia el sol para recibir tanta luz como puedan.

En esta unidad vas a aprender más sobre La gran idea, y a desarrollar las preguntas esenciales y las actividades del Rotafolio de investigación.

Niveles de investigación ■ Dirigida ■ Guiada ■ Independiente

Comprueba tu progreso

La gran idea Todas las plantas necesitan ciertas cosas para vivir y crecer. Sus partes les permiten crecer.

Preguntas esenciales

○ **Lección 1** ¿Cuáles son las necesidades de las plantas?........ 137
   Rotafolio de investigación pág. 18 Bloquea la luz/Cierre hermético

○ **S.T.E.M. Ingeniería y tecnología:**
   Se puede llevar el agua a las plantas............... 145
   Rotafolio de investigación pág. 19 Compáralo: Consejos gota a gota

○ **Investigación de la Lección 2**
   ¿Qué necesitan las plantas para crecer?.................. 147
   Rotafolio de investigación pág. 20 ¿Qué necesitan las plantas para crecer?

○ **Lección 3** ¿Cuáles son las partes de la planta?............ 149
   Rotafolio de investigación pág. 21 Tallos de plantas/Partes de la planta

○ **Lección 4** ¿Cómo es el ciclo de vida de algunas plantas?..... 159
   Rotafolio de investigación pág. 22 ¡Haz que flote para que brote!/Carrera de semillas

○ **Investigación de la Lección 5**
   ¿Cómo crece una planta de frijol?..................... 171
   Rotafolio de investigación pág. 23 ¿Cómo crece una planta de frijol?

○ **Personajes en las ciencias:** Dra. María Elena Zavala............ 173

○ **Repaso de la Unidad 4**............................. 175

Cuaderno de ciencias
No olvides escribir lo que piensas sobre la Pregunta esencial antes de estudiar cada lección.

○ ¡Ya entiendo La gran idea!

Lección 1

Pregunta esencial

¿Cuáles son las necesidades de las plantas?

Ponte a pensar

Halla la respuesta a la pregunta en la lección.

¿Qué sabes acerca de una calabaza de este tamaño?

Sus _____ están satisfechas.

Lectura con propósito

Vocabulario de la lección

① Ojea la lección.

② Escribe aquí los 2 términos de vocabulario.

_____ _____

137

Las necesidades de las plantas

Las plantas son seres vivos. Todos los seres vivos necesitan ciertas cosas para vivir y crecer: alimento, agua, aire y refugio. Estas cosas se llaman **necesidades básicas**. ¿Qué sucede si una planta no satisface sus necesidades básicas? Deja de crecer. Puede ponerse marrón o comenzar a marchitarse. Incluso podría morir.

Lectura con propósito

Encierra en un círculo los detalles de lo que sucede cuando una planta no satisface sus necesidades básicas.

Estas plantas tienen sus necesidades básicas satisfechas.

▶ ¿Qué necesidad básica de las plantas satisface este niño?

_____

Todos podemos satisfacer las necesidades básicas de las plantas.

El agua es vida

Las plantas necesitan agua. ¿Sabes cómo la obtienen? Las raíces de una planta toman el agua del suelo. El agua es una necesidad básica para que las plantas sobrevivan y crezcan.

Con luz y con aire

¿Tienes idea de por qué hay gente que pone plantas en macetas en las ventanas? Las plantas necesitan luz solar para crecer. También necesitan aire y agua. Las plantas toman el aire, el agua y la luz solar para producir su propio alimento.

Lectura con propósito

Subraya la oración que habla de lo que necesitan las plantas para producir alimento.

¿Cómo estas plantas obtienen lo que necesitan?

Nutrientes y espacio

Las plantas necesitan nutrientes que provienen del suelo. Los **nutrientes** son sustancias que ayudan a que las plantas crezcan. Las plantas en crecimiento necesitan mayor cantidad de nutrientes y agua. Sus raíces crecen y se extienden para obtener más de estas cosas. Las plantas necesitan suficiente espacio para que les crezcan las raíces, los tallos y las hojas.

▶ Encierra en un círculo el lugar que muestra que esta planta de tomate tiene espacio para crecer.

Resúmelo

1 Márcalo

Tacha lo que no necesita la planta para crecer.

2 Resuélvelo

Completa el espacio en blanco.

Yo sé que nunca me vez pero siempre ando contigo. Soy algo que necesitan tooooodos los seres vivos. ¿Qué soy?

_____

3 Dibújalo

Dibuja una planta. Rotula la ilustración para mostrar que la planta tiene lo que necesita.

Ejercita tu mente

Lección 1

Nombre_____

Juego de palabras

Halla y encierra en un círculo las palabras en esta sopa de letras. Luego, responde la pregunta.

| luz solar | agua | suelo | aire | espacio | nutrientes |

l u z s o l a r l w e j
y m y r s f d q y t r h
a e a t k g r u i d f g
i r g v a e s p a c i o
r t u i c h v p k a x v
e s a o w j s u e l o b
y g y p o k b c c b n n
h n u t r i e n t e s m
u r u a s l n y u j k q

¿Qué cosas necesitan satisfacer las plantas para sobrevivir?

_____

143

Aplica los conceptos

Completa la red de palabras que dicen lo que necesitan las plantas.

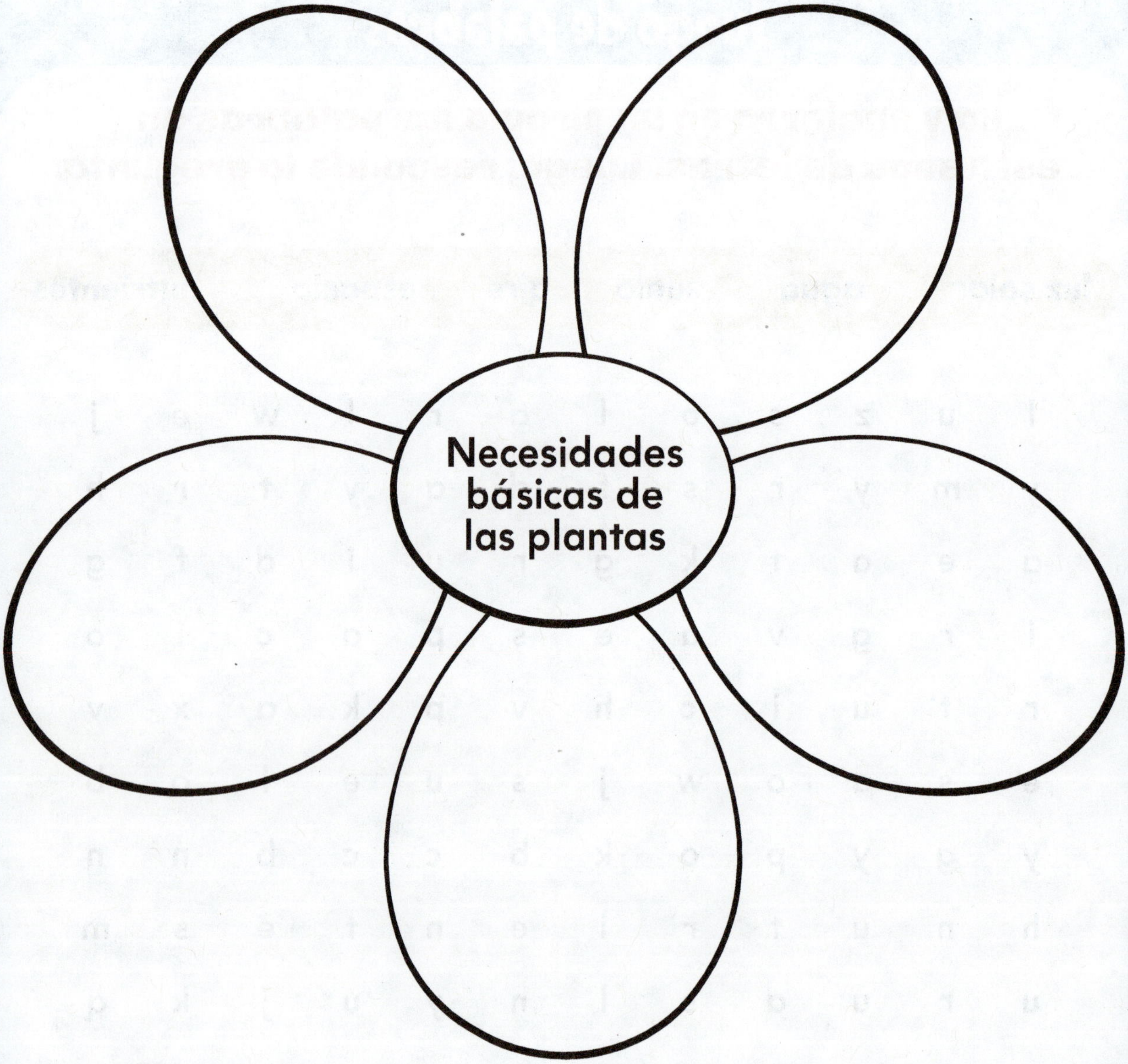

Necesidades básicas de las plantas

En familia: Converse con su niño acerca de las plantas que crecen en su casa y alrededor. Pídale que le diga cómo las plantas obtienen las cosas que necesitan para crecer.

Se puede llevar el agua a las plantas

S.T.E.M. Ingeniería y tecnología

Riego por goteo

El riego es una manera de llevar agua a la tierra para que las plantas crezcan. El aspersor de agua es un tipo de riego.

El riego por goteo es otro tipo de riego. Las mangueras les llevan el agua a las plantas. El agua gotea de emisores que están en la manguera. Esto le lleva agua solo a la tierra que rodea las plantas. Así se gasta y se evapora menos agua.

emisor

manguera

continuación

De dos maneras

Compara el riego por aspersores y el riego por goteo. Escribe algo bueno y algo malo de cada sistema.

Bueno _____
_____

Malo _____
_____

Bueno _____
_____

Malo _____
_____

Parte de la base

Compara los diferentes tipos de riego por goteo. Completa **Compáralo: Consejos gota a gota** en el Rotafolio de investigación.

Rotafolio de investigación, pág. 20

Lección 2 INVESTIGACIÓN

Nombre _____

Pregunta esencial

¿Qué necesitan las plantas para crecer?

Establece un propósito
Di lo que quieres descubrir.

_____
_____

Piensa en el procedimiento

❶ ¿Qué observarás?

_____
_____

❷ ¿Cómo tratarás a las plantas?

_____
_____

147

Anota tus datos

Anota lo que observes.

Mis observaciones			
Número de días	Planta A	Planta B	Planta C
Día 2			
Día 5			
Día 7			
Día 10			

Saca tus conclusiones

❶ ¿Las plantas necesitan agua para crecer? Di cómo lo sabes.

_____

❷ ¿Se puede regar a una planta en exceso? Explica.

_____

Haz más preguntas

¿Qué otras preguntas tienes sobre qué necesitan las plantas para crecer?

_____

_____

_____

Pregunta esencial

¿Cuáles son las partes de la planta?

Ponte a pensar

Halla la respuesta a la pregunta en la lección.

Esta flor huele mal para atraer a los insectos.

¿Por qué las flores atraen a los insectos?

_____

Lección 3

Lectura con propósito

Vocabulario de la lección

1. Ojea la lección.
2. Escribe aquí los 3 términos de vocabulario.

_____   _____

_____

149

Una función que cumplir

Las plantas necesitan luz solar, aire, agua y nutrientes del suelo para crecer. Cada parte de la planta ayuda a la planta a obtener lo que necesita para vivir y crecer.

Las flores, las hojas, los tallos y las raíces son partes importantes de la planta. Halla estas partes en la foto.

Lectura con propósito

La idea principal es la idea más importante sobre algo. Subraya dos veces la idea principal.

▶ Encierra en un círculo el tallo.
Marca con una X la flor.
Dibuja una casilla alrededor de la hoja.

Hacer el trabajo

Las **flores** sirven para crear plantas nuevas. Una parte de la flor produce las semillas que se convierten en plantas nuevas.

_____

_____

Las hojas producen el alimento de la planta. Producen alimento usando aire, agua y luz solar.

▶ Escribe un rótulo en cada línea para nombrar la parte de la planta de la foto.

_____

Los tallos llevan el agua y los nutrientes desde las raíces hasta las hojas y a otras partes de la planta. También permiten que la planta se sostenga.

_____

Las raíces crecen hacia abajo en el suelo y mantienen a la planta en su lugar. Absorben el agua y los nutrientes del suelo.

La capacidad de la flor

La flor es la parte de la planta que produce las semillas. La flor tiene sus partes propias también. Entre la partes de la flor están el polen, los pétalos y las semillas.

Lectura con propósito

Un detalle es un hecho acerca de una idea principal. Subraya un detalle. Dibuja una flecha hasta la idea principal a la que se refiere.

Las flores hacen polen. El **polen** es un polvo que las flores necesitan para producir semillas. Las plantas hacen semillas con polen de otras flores. Los insectos, los animales y el viento llevan el polen de una flor a otra.

Los pétalos de colores atraen a los insectos y a los animales. Hay plantas que necesitan que los insectos y los animales lleven el polen.

Las flores producen semillas. De la **semilla** sale una planta nueva.

▶ ¿Qué parte de la plata se convierte en una planta nueva?

_____

Resúmelo

1 Rotúlalo

Rotula las partes de la planta

2 Emparéjalo

Empareja cada parte de la planta con lo que hace.

   mantiene a la planta en su lugar

   lleva el agua desde las raíces

   produce alimento

Ejercita tu mente

Lección 3

Nombre _____

Juego de palabras

Lee las pistas. Usa estas palabras para completar el crucigrama.

hoja   tallo   flor   semilla   raíces   polen

Horizontales

1. polvo que ayuda a producir semillas
2. parte de la planta que tiene pétalos
3. lleva el agua desde las raíces
4. absorben el agua del suelo

Verticales

5. se convierte en una planta nueva
6. parte de la planta que produce alimento

157

Aplica los conceptos

Completa la tabla. Escribe el nombre de la parte de la planta o qué hace la parte de la planta.

Partes de la planta

Parte	Qué hace
_____	lleva el agua y los nutrientes desde las raíces hasta otras partes de la planta
raíces	_____
polen	_____
_____	produce semillas

En familia: Pida a su niño que observe las plantas de la casa, el jardín o el vecindario. Pídale que identifique las raíces, el tallo, las hojas y las flores, y que describa qué hace cada parte de la planta.

Lección **4**

Pregunta esencial
¿Cómo es el ciclo de vida de algunas plantas?

Ponte a pensar

Halla la respuesta a la pregunta en la lección.

¿Qué da la flor de un diente de león?

Da _____ .

Lectura con propósito

Vocabulario de la lección
1. Ojea la lección.
2. Escribe aquí los 4 términos de vocabulario.

_____   _____

_____   _____

¿De dónde vienen las plantas?

Las plantas son seres vivos. Crecen, cambian y tienen un ciclo de vida. El ciclo de vida de la mayoría de las plantas empieza con una **semilla**. De las semillas nacen nuevas plantas que, al crecer, empiezan a parecerse a la planta madre.

Lectura con propósito

Busca las palabras que se refieren a las semillas. Subraya esas palabras.

Las plantas de este jardín nacieron de semillas.

¿Con qué rapidez crecen las plantas?

Algunas plantas crecen rápidamente. Las plantas de una huerta tardan apenas unos meses en hacerse adultas. Otras plantas, como los árboles, tardan años en llegar a ser adultas.

Práctica matemática
Interpretar una tabla

Usa la tabla para responder a la pregunta.

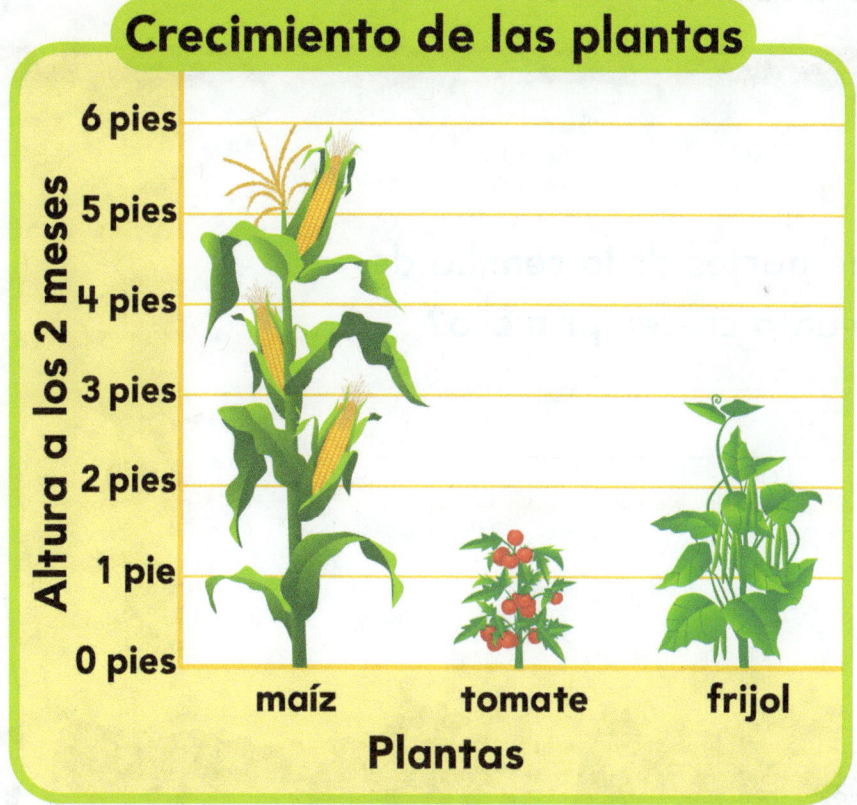

Crecimiento de las plantas

▶ ¿Cuánto más creció la planta de maíz que la planta de frijol?

Empieza con una semilla

¿Qué sucede cuando siembras una semilla? Cuando una semilla recibe calor, aire y agua, puede germinar. **Germinar** significa comenzar a crecer. El tallo de la plantita brota de la tierra. La planta sigue creciendo y le salen hojas.

▶ ¿Qué partes de la semilla de la planta crecen primero?

_____

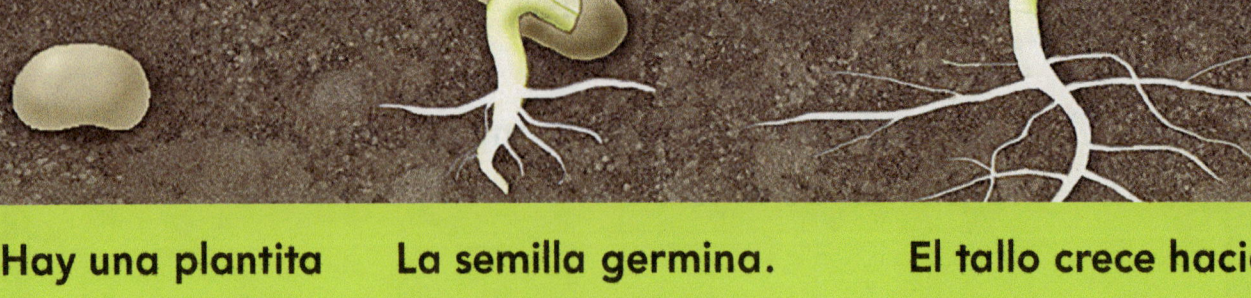

Hay una plantita en una semilla.

La semilla germina. Las raíces crecen hacia abajo.

El tallo crece hacia arriba en dirección a la luz.

Crecimiento

La plantita que había dentro de la semilla se ha transformado en una planta joven llamada **plántula**.

La plántula crece y se hace adulta. Entonces puede producir flores y semillas.

Lectura con propósito

Halla las palabras que dicen el significado de **plántula** y subráyalas.

A la planta le crecen más raíces y más hojas.

A la planta adulta le crecen flores.

Manzanas
magníficos manjares

Algunas plantas tienen flores que producen semillas y fruto. Hay partes de la flor que se convierten en fruto. El fruto crece alrededor de las semillas para contenerlas y protegerlas.

Lectura con propósito

Encierra en un círculo la palabra **semillas** cada vez que la veas en estas dos páginas.

flores de manzano

Algunas partes de las flores del manzano se convierten en manzanas. Las manzanas crecen alrededor de las semillas.

Una larga vida

Algunas plantas tienen una vida corta. Se secan poco después de que las flores producen las semillas. Otras plantas, como los manzanos, viven muchos años. ¡Un manzano puede vivir cien años o más!

manzano adulto

▶ ¿Qué dan las flores de manzano?

_____

165

Dentro de una piña

Algunas plantas como los pinos no tienen flores, pero sí tienen semillas. ¿Dónde crecen sus semillas? Los pinos y otras plantas similares tienen una parte llamada **piña**. Las semillas crecen dentro de la piña.

piñas cerradas

piñas abiertas, con semillas

La piña protege las semillas hasta que están listas para germinar. Entonces la piña se abre y deja caer las semillas.

▶ ¿Dónde se forman las semillas de pino?

¿De dónde viene el pino?

Las semillas del pino caen en la tierra y germinan. A medida que las plántulas crecen, empiezan a parecerse a la planta madre. Después de unos años, el pino da piñas y produce semillas. El ciclo de vida empieza de nuevo.

pinos adultos

▶ ¿Qué pasa después de que el pino adulto da piñas y produce semillas?

_____

_____

Resúmelo

1 ¡Dibújalo!

Dibuja el paso que falta en el ciclo de vida de la planta. Rotula tu dibujo.

semilla _____ plántula   planta adulta

2 ¡Márcalo!

Marca con una X la parte de la planta que no tiene semillas.

3 ¡Piénsalo!

¿En qué se parecen las flores y las piñas?

_____

_____

Ejercita tu mente

Lección 4

Nombre_____

Juego de palabras

Lee cada palabra. Traza un camino por el laberinto para unir cada palabra con su ilustración.

semilla   piña   flor   plántula

Aplica los conceptos

Escribe sobre el ciclo de vida de una planta. Usa las palabras germina, semilla y plántula.

Ciclo de vida de una planta

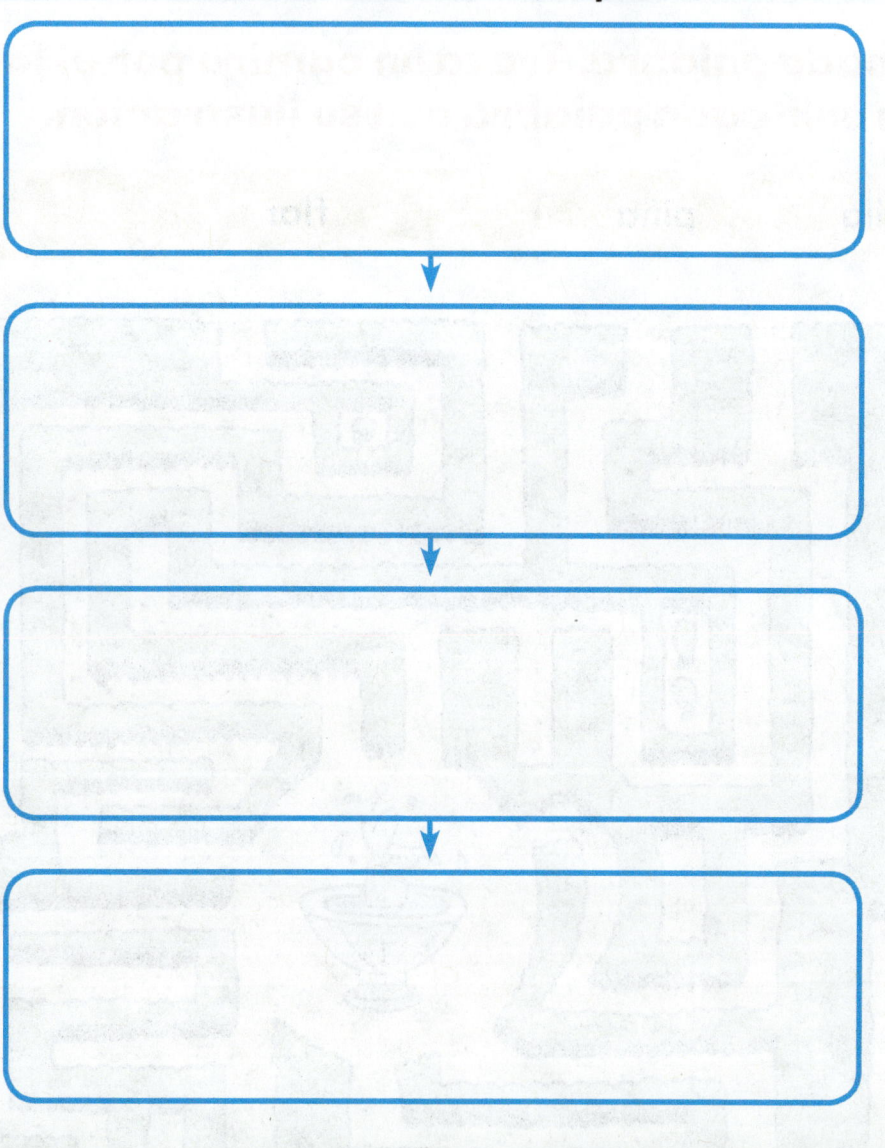

En familia: Pida a su niño que le comente sobre el ciclo de vida de las plantas. Luego den un paseo por su comunidad y hablen sobre las plantas que vean.

Rotafolio de investigación, página 23

Lección 5
INVESTIGACIÓN

Nombre _____

Pregunta esencial

¿Cómo crece una planta de frijol?

Establece un propósito

Explica lo que aprenderás de esta actividad.

_____

_____

Piensa en el procedimiento

❶ ¿Por qué debes proporcionar agua y luz solar a la planta?

_____

_____

❷ Compara la forma en que creció tu planta de frijol con la forma en que creció la planta de un compañero. ¿Qué tuvieron en común?

_____

_____

_____

171

Anota tus datos

Anota tus observaciones en esta tabla.

Fecha	Observaciones

Saca tus conclusiones

¿Cómo cambió la planta de frijol?

_____

_____

_____

Haz más preguntas

¿Qué otras preguntas podrías hacer sobre el crecimiento de las plantas?

_____

_____

_____

Personajes en las ciencias

Conoce a la...
Dra. María Elena Zavala

Cuando era niña, María Elena Zavala pensaba mucho en las plantas. Su abuela vivía al lado y cultivaba plantas que usaba como remedio. La joven María aprendió sobre esas plantas gracias a su abuela.

Hoy, María Elena Zavala es botánica y maestra. Los botánicos son científicos que estudian las plantas. La Dr. María estudia cómo responden las plantas a su medioambiente. Ella y sus estudiantes descubren cómo crecen las raíces.

Dato curioso

Cuando era niña, María tomaba las rosas de su padre y las separaba en partes para aprender más sobre las plantas.

Ahora eres botánico

▶ **Dibuja y rotula las raíces, las flores y las hojas de esta planta.**

Repaso de la Unidad 4

Nombre _____

Repaso de vocabulario

Completa las oraciones con los téminos de la casilla.

> nutrientes
> polen
> semilla

1. La mayoría de plantas nacen de una _____.

2. Las sustancias del suelo que ayudan a que las plantas crezcan son los _____.

3. El polvo que las flores necesitan para producir semillas se llama _____.

Conceptos de ciencias

Rellena la burbuja con la letra de la mejor respuesta.

4. ¿Qué usa la planta para producir su propio alimento?
   Ⓐ polen
   Ⓑ semillas
   Ⓒ agua

5. ¿Qué parte de la planta produce las semillas?
   Ⓐ flor
   Ⓑ hojas
   Ⓒ raíces

6. ¿Qué parte del ciclo de vida de la planta muestra esta ilustración?

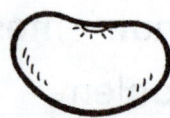

Ⓐ planta adulta
Ⓑ semilla
Ⓒ plántula

7. ¿En qué se parecen las raíces y los tallos?
Ⓐ Ambos sostienen a la planta.
Ⓑ Pueden transportar nutrientes.
Ⓒ Mantienen a la planta en el suelo.

8. Tina hace un experimento con dos plantas del mismo tipo. A la Planta 1 le da agua dulce. A la Planta 2 le da agua salada. Las ilustraciones muestran los resultados del experimento de Tina.

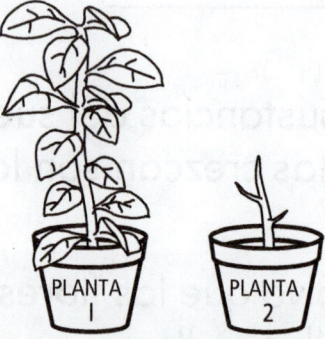

¿Qué puedes inferir?
Ⓐ Estas plantas crecen mejor con agua salada que con agua dulce.
Ⓑ Estas plantas crecen mejor con agua dulce que con agua salada.
Ⓒ Estas plantas crecen igual con agua dulce o con agua salada.

9. ¿De dónde obtiene una planta los nutrientes?
Ⓐ del aire
Ⓑ de las semillas
Ⓒ del suelo

10. ¿Cómo sabes que esta planta es una planta adulta?

Ⓐ La planta tiene raíces.
Ⓑ La planta tiene hojas.
Ⓒ La planta tiene una flor.

11. ¿Qué hace una piña de árbol?

Ⓐ Una piña se convierte en fruta.
Ⓑ Una piña contiene las semillas.
Ⓒ Una piña produce el polen.

12. Se sembraron tres plantas idénticas al mismo tiempo. ¿Cuál creció **más rápido**?

Ⓐ la de la izquierda
Ⓑ la del centro
Ⓒ la de la derecha

Investigación y La gran idea

Escribe las respuestas de estas preguntas.

13. Observa esta planta.

¿Cómo se mueve el agua a través de la planta?
¿Cómo usan el agua las distintas partes de la planta?

_____

_____

14. Di cómo planearías una investigación para demostrar que las plantas necesitan agua para sobrevivir.

_____

_____

_____

178 Unidad 4 Repaso de la unidad

UNIDAD 5
Medioambientes de los seres vivos

impala y picabueyes piquirrojo

La gran idea

Los seres vivos satisfacen sus necesidades en sus medioambientes.

Me pregunto por qué
El ave le quita los insectos al impala. ¿Por qué?
Da vuelta a la página para descubrirlo.

UNIDAD 5

Por esta razón El ave se come los insectos.

En esta unidad vas a aprender más sobre La gran idea, y a desarrollar las preguntas esenciales y las actividades del Rotafolio de investigación.

Niveles de investigación ■ Dirigida ■ Guiada ■ Independiente

Comprueba tu progreso

La gran idea Los seres vivos satisfacen sus necesidades en sus medioambientes.

Preguntas esenciales

Lección 1 ¿Por qué las plantas y los animales se necesitan mutuamente? 181
Rotafolio de investigación pág. 24: Plantas útiles/Haz un modelo de una cadena alimentaria

Lección 2 ¿Cómo se adaptan los seres vivos a su medioambiente? 193
Rotafolio de investigación pág. 25: Vamos a diseñar un ave/Hojas cerosas

Investigación de la Lección 3
¿Pueden sobrevivir las plantas en medioambientes distintos? 205
Rotafolio de investigación pág. 26: ¿Sobreviven las plantas en medioambientes distintos?

S.T.E.M. Ingeniería y tecnología:
La tecnología y el medioambiente 207
Rotafolio de investigación pág. 27: Diséñalo: Un filtro de agua

Lección 4 ¿Cómo cambian los medioambientes con el paso del tiempo? 209
Rotafolio de investigación pág. 28: ¡Inundación!/Plan de ayuda

Profesiones en las ciencias: Científico ambiental 219
Repaso de la Unidad 5 221
¡Ya entiendo La gran idea!

Cuaderno de ciencias
No olvides escribir lo que piensas sobre la Pregunta esencial antes de estudiar cada lección.

180

Lección 1

Pregunta esencial

¿Por qué las plantas y los animales se necesitan mutuamente?

Ponte a pensar

Halla la respuesta a la pregunta en la lección.

Este murciélago bebe de esta planta. ¿De qué manera el murciélago también ayuda a la planta?

El murciélago esparce

_____

Lectura con propósito

Vocabulario de la lección

1. Ojea la lección.
2. Escribe aquí los 3 términos de vocabulario.

_____   _____

_____

En su lugar

Las plantas y los animales usan los seres vivos y los no vivos para satisfacer sus necesidades. Obtienen lo que necesitan de su medioambiente. Todos los seres vivos y los seres no vivos que habitan un lugar forman un **medioambiente.**

> **Lectura con propósito**
>
> Halla la oración que dice el significado de medioambiente. Subraya la oración.

Las plantas y los animales necesitan agua.

182

Las plantas y los animales necesitan aire.

Las plantas necesitan luz solar para producir alimento. Los animales encuentran su alimento en su medioambiente.

Las plantas y los animales necesitan espacio para vivir y crecer. Los animales encuentran refugio en el medioambiente donde viven.

▶ ¿Qué necesitan tanto las plantas como los animales de su medioambiente?

_____
_____

Obtener ayuda

Los animales usan las plantas para satisfacer sus necesidades. Muchos animales usan las plantas como refugio Algunos animales se esconden entre las plantas. Otros animales viven en las plantas o construyen su hogar en ellas.

Lectura con propósito

Un detalle es un hecho acerca de una idea principal. Subraya un detalle. Dibuja una flecha hasta la idea principal a la que se refiere.

Un búho encuentra refugio en un árbol.

Un león se esconde entre la maleza.

Los animales deben respirar aire para obtener oxígeno, un gas que está en el aire. Las plantas liberan oxígeno.

Algunos animales usan las plantas como alimento. Otros animales comen animales que comen plantas.

Las hormigas encuentran tanto alimento como refugio en las espinas de este árbol.

Un oso panda come bambú.

▶ Escribe otro ejemplo de cómo usan los animales a las plantas para satisfacer sus necesidades.

_____
_____
_____
_____

Brindar ayuda

Los animales ayudan a que las plantas se reproduzcan, o produzcan plantas nuevas. Algunos animales llevan frutas a lugares nuevos. Allí, las semillas que están dentro de las frutas se convierten en plantas nuevas.

Lectura con propósito

La idea principal es la idea más importante sobre algo. Subraya dos veces la idea principal.

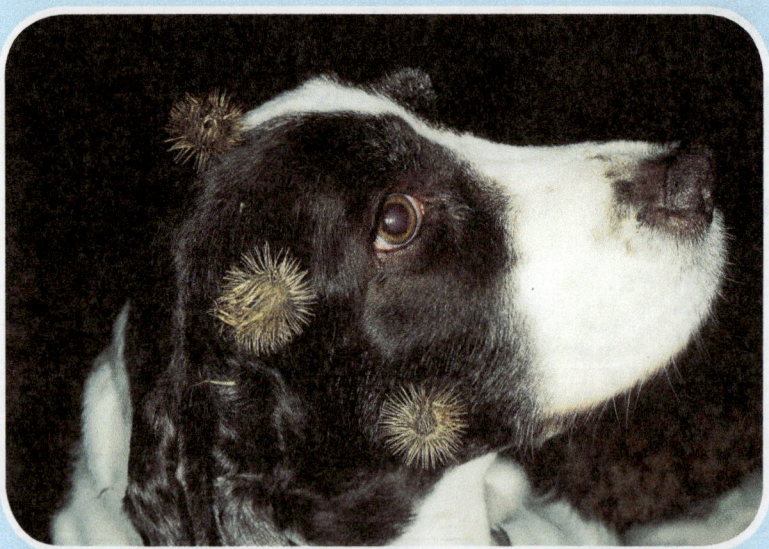

El perro esparce las semillas que están en los bordes ásperos de su pelaje.

Algunos animales esparcen el polen de las plantas. El polen es el polvo que las flores necesitan para producir semillas. El polen puede adherirse a un animal. El animal lleva el polen de una flor a otra. Esto ayuda a que las plantas produzcan plantas nuevas.

Mientras el murciélago bebe el néctar de la flor, el polen se desprende del murciélago.

Un pájaro carpintero mueve bellotas con su pico. Las semillas están dentro de las bellotas.

Un escarabajo lleva polen en su cuerpo.

▶ **Subraya dos ejemplos de cómo los animales ayudan a las plantas a reproducirse.**

187

Comerse todo

Estas fotos muestran una cadena alimentaria. Una **cadena alimentaria** es el recorrido que muestra cómo se mueve la energía de las plantas a los animales. Sigue las flechas. Muestran cómo se conectan las plantas y los animales de una cadena alimentaria.

Las cadenas alimentarias comienzan con la luz solar y las plantas. En esta cadena alimentaria, las plantas acuáticas usan la luz solar para producir alimento.

Una tortuga come plantas acuáticas.

Un águila se come a la tortuga.

▶ **Dibuja lo que falta desde la primera etapa de la cadena alimentaria.**

189

Resúmelo

1 Rotúlalo

Escribe agua, alimento, o refugio para indicar qué obtiene cada ser vivo de su medioambiente.

_____ _____ _____ _____

2 Ordénalo

Enumera las etapas de esta cadena alimentaria para mostrar el orden correcto.

_____   _____   _____

Lección 1

Nombre _____

Juego de palabras

Lee cada una de las claves. Después ordena las letras para escribir la respuesta correcta.

| medioambiente | oxígeno | polen | cadena alimentaria |

1. gas del aire que los animales necesitan para sobrevivir

   geonoxí _____

2. todos los seres vivos y los seres no vivos que habitan un lugar

   diomeamtebien _____

3. algo que muestra cómo se mueve la energía de las plantas a los animales

   canade taliamenria _____

4. lo que necesitan las flores para producir semillas

   lepon _____

191

Aplica los conceptos

Usa las palabras de la casilla para completar la tabla.

refugio   oxígeno   semillas   alimento   polen

Maneras en que los animales usan las plantas	Maneras en que los animales ayudan a las plantas
Cuando los animales construyen sus nidos, usan plantas como _____.	Los animales ayudan a llevar las _____ a lugares nuevos.
Los animales usan las plantas como _____.	Los animales esparcen el _____ que se adhiere a su cuerpo.
Los animales necesitan el _____ que liberan las plantas.	

En familia: Dé un paseo con su niño. Ayude a su niño a observar animales que usan plantas.

Lección 2

Pregunta esencial

¿Cómo se adaptan los seres vivos a su medioambiente?

Ponte a pensar

Halla la respuesta a la pregunta en la lección.

Halla la oruga. ¿Cómo la ayudan su color y su forma a estar protegida?

La ayudan a _____.

Lectura con propósito

Vocabulario de la lección
1. Ojea la lección.
2. Escribe aquí el término de vocabulario.

_____

193

Destrezas de supervivencia

Las plantas viven casi en cualquier lugar. Pueden vivir en lugares secos, o húmedos y sombríos. Tienen maneras de sobrevivir en el lugar donde viven. Estas maneras se llaman adaptaciones. Una **adaptación** es algo que ayuda a un ser vivo a sobrevivir en su medioambiente.

Los lirios acuáticos tienen tallos largos para que sus hojas lleguen a la superficie. Allí reciben luz solar.

▶ **Observa esta planta. Encierra en un círculo el medioambiente donde sobreviviría mejor.**

seco　　　húmedo

Los cactus viven en lugares muy secos. Sus tallos gruesos y cerosos almacenan agua.

Las plantas del bosque tropical tienen hojas grandes. Estas hojas permiten que la planta reciba luz solar en el bosque sombrío.

Animales en casa

Los animales también tienen adaptaciones que los ayudan a sobrevivir en sus medioambientes. Pueden vivir en lugares con poco alimento. Pueden vivir en lugares muy fríos. Sus adaptaciones los ayudan a sobrevivir en el lugar donde viven.

Lectura con propósito

La idea principal es la idea más importante sobre algo. Subraya dos veces la idea principal.

Los camellos viven en lugares secos y arenosos. Sus largas pestañas los ayudan a que la arena no entre en sus ojos.

Los pingüinos viven en el hielo y en el agua helada. Su gruesa capa de grasa los mantiene calientes.

Las jirafas tienen lenguas largas para arrancar las hojas de los árboles.

▶ Observa este animal. Encierra en un círculo el medioambiente en el que podría sobrevivir mejor.

seco, arenoso

agua fría

Protecciones de las plantas

Los seres vivos también tienen adaptaciones que los protegen. Las adaptaciones de las plantas permiten que las plantas estén protegidas de los animales que podrían comerlas. Algunas de estas adaptaciones son las espinas, el mal sabor y los movimientos rápidos.

Las espinas de este cactus de tuna hace difícil que los animales coman su fruta.

Los narcisos tienen mal sabor. A los animales no les gusta comerlos.

Las hojas de esta mimosa se pliegan rápidamente cuando las tocan. Esto podría derribar a los insectos que quisieran comer sus hojas.

▶ Nombra dos adaptaciones de las plantas que las protegen de los animales.

_____
_____
_____
_____

Protecciones de los animales

Muchos animales deben protegerse a sí mismos de otros animales. Tienen adaptaciones que los ayudan a estar protegidos. Estas adaptaciones los protegen de otros animales que quisieran comerlos.

Lectura con propósito

Un detalle es un hecho acerca de una idea principal. Subraya un detalle. Dibuja una flecha hasta la idea principal a la que se refiere.

Los zorrillos rocían mal olor. El mal olor ahuyenta a los otros animales.

200

Los erizos de mar tienen púas largas y afiladas.

▶ Escribe dos características que ayudan al insecto hoja a sobrevivir.

_____

_____

El insecto hoja se parece a la hoja. Esto ayuda al insecto a esconderse.

201

1 Emparéjalo

Empareja cada ser vivo con el medioambiente en el que vive.

frío, nevoso   seco, arenoso   húmedo, sombrío

2 Escríbelo

Escribe cómo se protege a sí mismo cada ser vivo.

_____ _____ _____

Ejercita tu mente

Lección 2

Nombre _____

Juego de palabras

Define la palabra adaptación. Luego haz una lista de las adaptaciones que ayudan a las plantas y a los animales a sobrevivir.

adaptación:
_____

_____

Plantas	Animales
hojas grandes	grasa

Aplica los conceptos

Escribe dos detalles que se refieran a la idea principal. Incluye detalles sobre dos adaptaciones.

Idea principal

Las adaptaciones ayudan a los seres vivos a sobrevivir en distintos medioambientes.

Detalle	Detalle
_____	_____
_____	_____
_____	_____
_____	_____

Para la casa

En familia: Pida a su niño que describa algunas adaptaciones de los animales. Comente cómo ayudan esas adaptaciones a sobrevivir al animal.

Rotafolio de investigación, pág. 26

Lección 3 INVESTIGACIÓN

Nombre _____

Pregunta esencial

¿Sobreviven las plantas en medioambientes distintos?

Establece un propósito

Escribe lo que quieres descubrir.

_____

_____

Haz una predicción

Escribe una predicción sobre lo que crees que pasará.

_____

_____

Piensa en el procedimiento

1. ¿Por qué regarás la planta del **desierto** solo una vez?

_____

2. ¿Por qué regarás la planta del **bosque tropical** tres veces por día?

_____

205

Anota tus datos

Anota tus observaciones en esta tabla.

Fecha	Planta del desierto	Planta del bosque tropical

Saca tus conclusiones

¿Fue correcta tu predicción? ¿Puede una planta de un medioambiente vivir en otro distinto? ¿Cómo lo sabes?

_____

_____

Haz más preguntas

¿Qué otras cosas podrías preguntar acerca de las plantas de medioambientes distintos?

_____

_____

S.T.E.M.
Ingeniería y tecnología

La tecnología y el mediambiente

Las represas

Una represa es una pared que se construye de un lado a otro en un río. Así se disminuye el flujo de agua. Las represas son útiles. Sirven para surtir agua para beber y para los cultivos. También sirven para controlar inundaciones.

Las represas también pueden hacerle daño al medioambiente. Los peces, como el salmón, no pueden migrar a través de ciertas represas. Cuando se construye una represa, hay animales que pierden su hogar.

salmón que migra

Útil y dañino

¿De qué manera son útiles las represas? ¿De qué manera son dañinas las represas? Completa la tabla con tus ideas.

Efectos de una represa	
Utilidad	Daño

Parte de la base

Aprende más sobre el agua y la tecnología. Completa **Diséñalo: Un filtro de agua** en el Rotafolio de investigación.

Lección 4

Pregunta esencial

¿Cómo cambian los medioambientes con el paso del tiempo?

Ponte a pensar

Halla la respuesta a la pregunta en la lección.

¿Qué produjo el cambio de este medioambiente?

_____
_____

Lectura con propósito

Lectura con propósito

1. Ojea la lección.
2. Escribe aquí el término de vocabulario.

_____

El trabajo de la naturaleza

En la naturaleza suceden cosas que, con el paso del tiempo, pueden cambiar los medioambientes. Un determinado tipo de tiempo cambia un medioambiente de una estación a otra. Los incendios y los terremotos producen cambios en minutos.

bosque antes de un incendio

Un incendio puede cambiar un medioambiente. Quema árboles y plantas. Algunos animales se van a lugares seguros. Otros animales podrían morir.

Los cambios no duran para siempre. Árboles y plantas nuevas crecen de nuevo. Los animales vuelven al área para vivir en los árboles y comer las plantas.

Lectura con propósito

Las causas te dicen por qué sucede algo. Subraya una causa.

bosque durante un incendio

▶ **Nombra un efecto que tiene un incendio en un medioambiente.**

_____

_____

Un cambio de ritmo

Los animales y las plantas pueden cambiar un medioambiente. La planta kudzu crece muy rápido. La planta crece sobre otras plantas. Las plantas que quedan cubiertas no reciben suficiente luz solar. Pueden morir.

Los castores construyen represas que forman lagunas. Los castores apilan pedazos de madera, ramas y lodo en un área poca profunda de agua que fluye. La represa bloquea el flujo del agua y forma una laguna.

Cuando los castores cortan un árbol, algunas aves e insectos pierden su hogar.

Una planta kudzu creció sobre estos carros.

La laguna que los castores hicieron se convierte en el hogar de algunas plantas y animales.

Práctica matemática

Cuenta de 10 en 10

La represa de un castor puede medir 10 pies de alto. ¿Qué altura tendría la represa de 3 castores? Cuenta salteado para hallar la respuesta. Muestra tu trabajo.

_____ pies,

Por qué es importante

Lo que hacen las personas

Las personas también cambian los medioambientes. Cambian los medioambientes porque necesitan recursos. Un **recurso** es todo lo que las personas pueden utilizar para satisfacer sus necesidades. Las personas pueden ayudar a los medioambientes y también hacerles daño. ¿Cómo cambias tu medioambiente?

Lectura con propósito
Halla la oración que dice el significado de **recurso**. Subraya la oración.

La polución y la basura dañan a los medioambientes.

Reducir la cantidad de basura y reciclar ayudan a mantener limpios los medioambientes.

Quizás sea necesario talar árboles para tener espacio para construir edificios.

Las personas ayudan plantando árboles nuevos.

▶ Escribe cómo las personas pueden cambiar el medioambiente.

ayuda	daño

215

Resúmelo

1 Emparéjalo

Empareja cada cosa con la manera en que cambia al medioambiente.

quemar árboles   crecer sobre otras plantas   construir represas

2 Encierra en un círculo

Encierra en un círculo la manera en la que las personas pueden ayudar al medioambiente.

reciclar   desperdiciar recursos   plantar árboles

Ejercita tu mente

Lección 4

Nombre _____

Juego de palabras

Dibuja líneas para emparejar cada palabra con su descripción.

castor   recurso   reciclar   kudzu

cualquier cosa que las personas puedan usar para satisfacer sus necesidades

animal que construye represas

planta que crece sobre otras plantas

usar los recursos viejos para hacer cosas nuevas

217

Aplica los conceptos

Completa la tabla. Escribe cómo cada cosa cambia el medioambiente.

Cómo cambian los medioambientes

Cosas que cambian los medioambientes	Cómo las cosas cambian los medioambientes
incendio	
kudzu	
castor	
personas	

Para la casa

En familia: Camine con su niño por el vecindario. Observen y comenten las maneras en que los seres vivos y otras cosas que suceden en la naturaleza han cambiado el medioambiente.

Profesiones en las ciencias

Pregúntale a un científico ambiental

¿Qué hacen los científicos ambientales?

Estudiamos los efectos que dañan a los diferentes tipos de medioambientes.

¿Qué hacen los científicos ambientales por la vida silvestre?

Hallamos los problemas que afectan a la vida silvestre y las personas de los medioambientes. Buscamos la manera de resolver esos problemas.

A veces la gente daña su medioambiente. Por ejemplo, si una fábrica vierte desperdicios en un arroyo, podría matar a los peces. Nosotros hallamos otras maneras en que la fábrica pueda deshacerse de sus desperdicios.

¡Es tu turno!

▶ ¿Qué pregunta le harías a un científico ambiental?

_____

_____

_____

Profesiones

Cómo se pueden mejorar los medioambientes

▶ Dibuja o escribe la respuesta a cada pregunta.

1 ¿Qué es lo más interesante que hacen los científicos ambientales?

2 ¿Qué parte de su trabajo podría ser difícil?

3 ¿Por qué son importantes los científicos ambientales?

4 Imagínate que eres científico ambiental. Dibuja un medioambiente que te gustaría estudiar.

Repaso de la Unidad 5

Repaso de vocabulario

Completa las oraciones con los términos de cada casilla.

> adaptación
> cadena alimentaria
> recurso

1. Una _____ es el recorrido que muestra cómo se mueve la energía de las plantas a los animales.

2. Todo lo que las personas pueden utilizar para satisfacer sus necesidades es un _____.

3. Las jorobas permiten que los camellos sobrevivan en su medioambiente. Las jorobas son una _____.

Conceptos de ciencias

Rellena la burbuja con la letra de la mejor respuesta.

4. ¿Cuál es ejemplo de un suceso natural que cambia a un bosque?
   - Ⓐ un incendio forestal
   - Ⓑ personas que plantan árboles
   - Ⓒ personas que talan árboles

5. ¿En qué se parecen las necesidades de las plantas y las de los animales?
   - Ⓐ Tanto las plantas como los animales necesitan luz solar para producir su propio alimento.
   - Ⓑ Tanto las plantas como los animales necesitan aire y agua para sobrevivir.
   - Ⓒ Tanto las plantas como los animales necesitan pulmones para respirar.

6. Esta ilustración muestra las etapas de una cadena alimentaria.

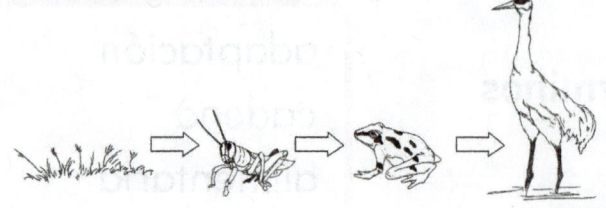

¿Qué enunciado sobre esta cadena alimentaria es **verdadero**?

Ⓐ Las ranas comen saltamontes.
Ⓑ Los saltamontes comen ranas.
Ⓒ Las ranas y los saltamontes se comen entre sí.

7. Una planta tiene adaptaciones para vivir en un medioambiente húmedo y sombrío. ¿Qué es **más probable** que suceda si la cambiamos a un lugar soleado y seco?

Ⓐ La planta morirá.
Ⓑ La planta crecerá mejor.
Ⓒ La planta igualmente crecerá.

8. ¿Cuál es la razón principal por la que las personas cambian los medioambientes?

Ⓐ Necesitan recursos.
Ⓑ No tiene buenas adaptaciones.
Ⓒ Quieren ayudar al medioambiente.

9. ¿Cuál es el comienzo de cualquier cadena alimentaria?

Ⓐ las plantas
Ⓑ las tortugas
Ⓒ la luz solar y las plantas

10. ¿Cómo ayudan los animales a las plantas a satisfacer sus necesidades?

Ⓐ producen alimento para las plantas

Ⓑ esparcen sus semillas y polen

Ⓒ les dan refugio y oxígeno

11. Observa las adaptaciones de este oso polar. ¿Dónde sobreviviría mejor el oso?

Ⓐ en un medioambiente caliente y seco

Ⓑ en un medioambiente frío y con hielo

Ⓒ en un medioambiente tibio y húmedo

12. Las plantas pueden cambiar un medioambiente con el paso del tiempo. ¿Cuál de estas cosas puede cambiar **más** un medioambiente en minutos?

Ⓐ animales

Ⓑ incendio

Ⓒ suelo

Repaso de la unidad Unidad 5 223

Investigación y La gran idea

Escribe las respuestas de estas preguntas.

13. Describe dos adaptaciones que sirven para que un animal sobreviva en un medioambiente frío. Explica tu respuesta.

   _____

   _____

14. Imagina que un incendio cambia un medioambiente. ¿Cómo sabrías si una planta que vive en el medioambiente tiene las adaptaciones para sobrevivir en el medioambiente nuevo?

   _____

   _____

   _____

UNIDAD 6
La Tierra y sus recursos

La gran idea

En la superficie de la Tierra se producen cambios. Necesitamos recursos de la Tierra, como las las rocas, las plantas y el agua.

Fuerte Jefferson, Cayos de la Florida

Me pregunto por qué
La gente usa materiales de la Tierra para construir cosas. ¿Por qué?
Da vuelta a la página para descubrirlo.

Por esta razón Los materiales como las rocas son fáciles de hallar. También duran mucho tiempo y son lo suficientemente fuertes para construir cosas.

En esta unidad vas a aprender más sobre La gran idea, y a desarrollar las preguntas esenciales y las actividades del Rotafolio de investigación.

Niveles de investigación ■ Dirigida ■ Guiada ■ Independiente

La gran idea En la superficie de la Tierra se producen cambios. Necesitamos recursos de la Tierra, como las rocas, las plantas y el agua.

Preguntas esenciales

Lección 1 ¿Qué hace que la Tierra cambie? 227
Rotafolio de investigación pág. 29 La Tierra tiembla/Fácil erosión

Profesiones en las ciencias: Geólogo 239

Lección 2 ¿Cuáles son los recursos naturales? . 241
Rotafolio de investigación pág. 30 Examinemos el almuerzo/
A la caza del producto

**S.T.E.M. Ingeniería y tecnología: Cómo se hace:
Camisa de algodón** 253
Rotafolio de investigación pág. 31 Ponlo a prueba:
Algunos edificios resistentes

**Investigación
de la Lección 3 ¿Cómo se clasifican los productos
de las plantas?** 255
Rotafolio de investigación pág. 32 ¿Cómo se clasifican los
productos de las plantas?

Repaso de la Unidad 6 259

¡Ya entiendo La gran idea!

Cuaderno de ciencias
No olvides escribir lo que piensas sobre la Pregunta esencial antes de estudiar cada lección.

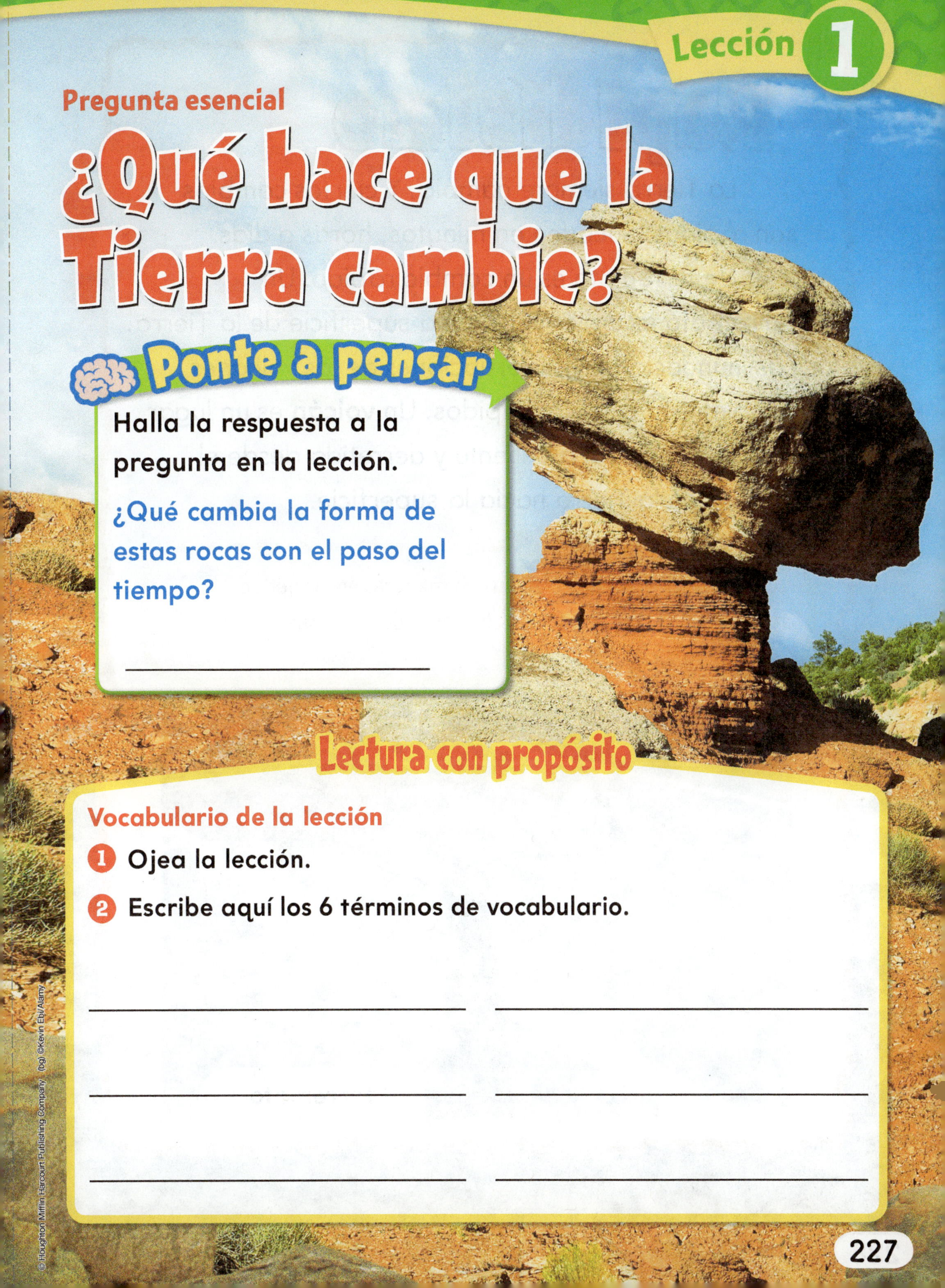

Lección 1

Pregunta esencial

¿Qué hace que la Tierra cambie?

Ponte a pensar

Halla la respuesta a la pregunta en la lección.

¿Qué cambia la forma de estas rocas con el paso del tiempo?

_____

Lectura con propósito

Vocabulario de la lección

1. Ojea la lección.
2. Escribe aquí los 6 términos de vocabulario.

_____   _____

_____   _____

_____   _____

Rapidísimo

La Tierra siempre cambia. Y ciertos cambios son rápidos. Suceden en minutos, horas o días.

Un terremoto es un cambio rápido. Un **terremoto** es un temblor en la superficie de la Tierra. Las inundaciones y las erupciones de los volcanes también son cambios rápidos. Un **volcán** es un lugar de donde sale roca caliente y derretida desde el interior de la Tierra hacia la superficie.

Lectura con propósito

Cuando se comparan cosas, buscas maneras en las que se parecen. Dibuja un triángulo alrededor de dos cosas que se estén comparando.

terremoto

Si llueve mucho, puede producirse una inundación. Una **inundación** sucede cuando los arroyos, los ríos o los lagos se llenan demasiado. El agua fluye hacia la tierra. El agua transporta la tierra a lugares nuevos.

inundación

volcán en erupción

▶ Encierra en un círculo los rótulos que describen cambios rápidos.

Con calma

Otros cambios en la Tierra son lentos. Los cambios lentos suceden con el paso de muchos meses o años. La meteorización es un cambio lento. La **meteorización** sucede cuando el viento y el agua rompen la roca en pedacitos. La erosión es otro cambio lento. La **erosión** sucede cuando el viento y el agua mueven las rocas y el suelo. Así va cambiando la forma de la tierra.

Lectura con propósito
Subraya un detalle. Dibuja una flecha hasta la idea principal a la que se refiere.

La erosión desgasta el risco.

sequía

La sequía es otro cambio lento. Una **sequía** es muy poca lluvia durante mucho tiempo. La tierra se seca mucho. Los arroyos y las lagunas pueden secarse. El viento puede llevarse parte del suelo.

La meteorización y la erosión desgastaron estas rocas.

▶ ¿Una sequía dura minutos o años?

_____

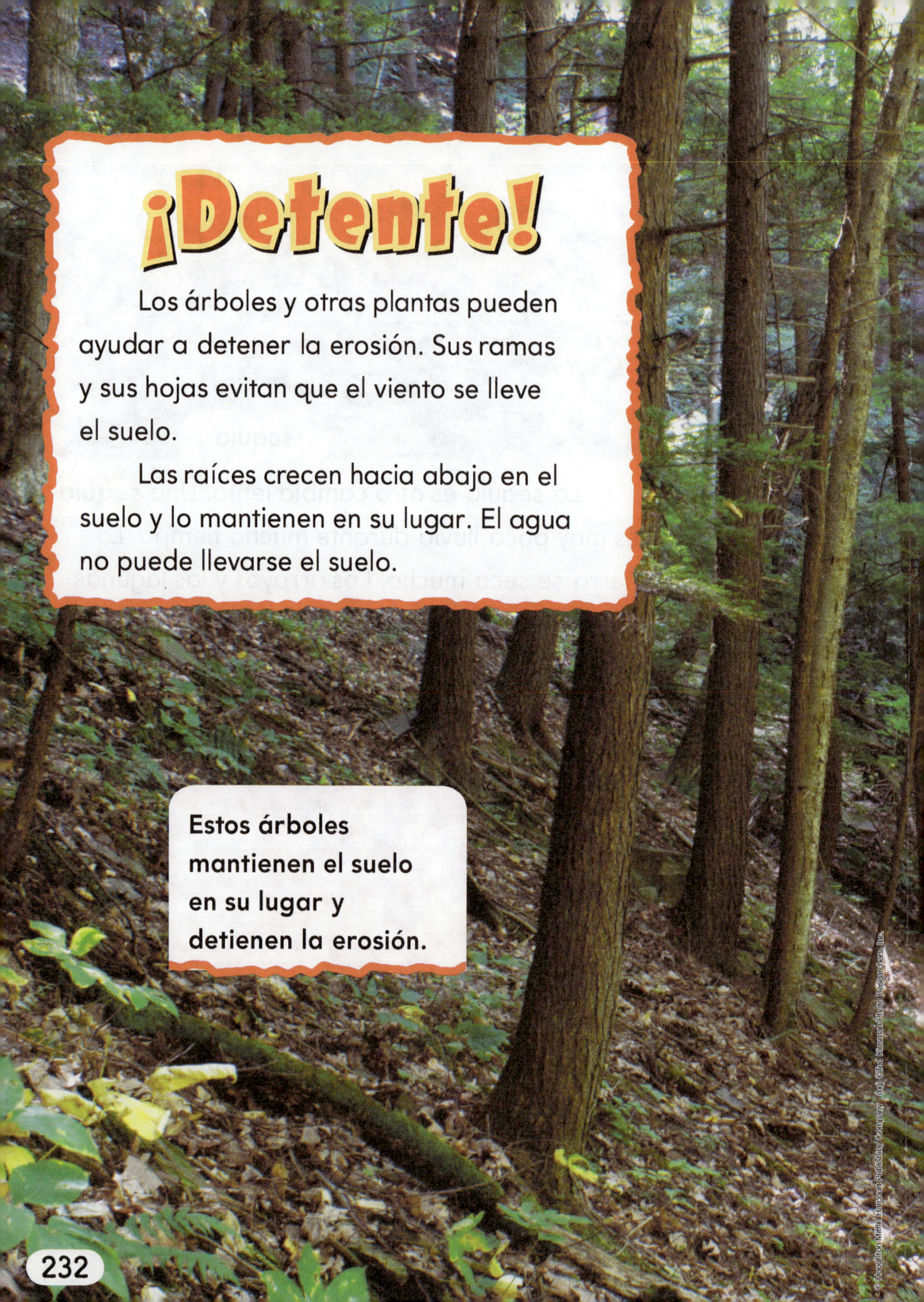

¡Detente!

Los árboles y otras plantas pueden ayudar a detener la erosión. Sus ramas y sus hojas evitan que el viento se lleve el suelo.

Las raíces crecen hacia abajo en el suelo y lo mantienen en su lugar. El agua no puede llevarse el suelo.

Estos árboles mantienen el suelo en su lugar y detienen la erosión.

Observa la colina. ¿Qué sucedió? Los árboles se talaron. Ahora no hay ramas y hojas que eviten que el viento se lleve el suelo. Las raíces muertas no pueden mantener el suelo en su lugar.

▶ **Dibuja una manera de ayudar a detener la erosión en esta colina.**

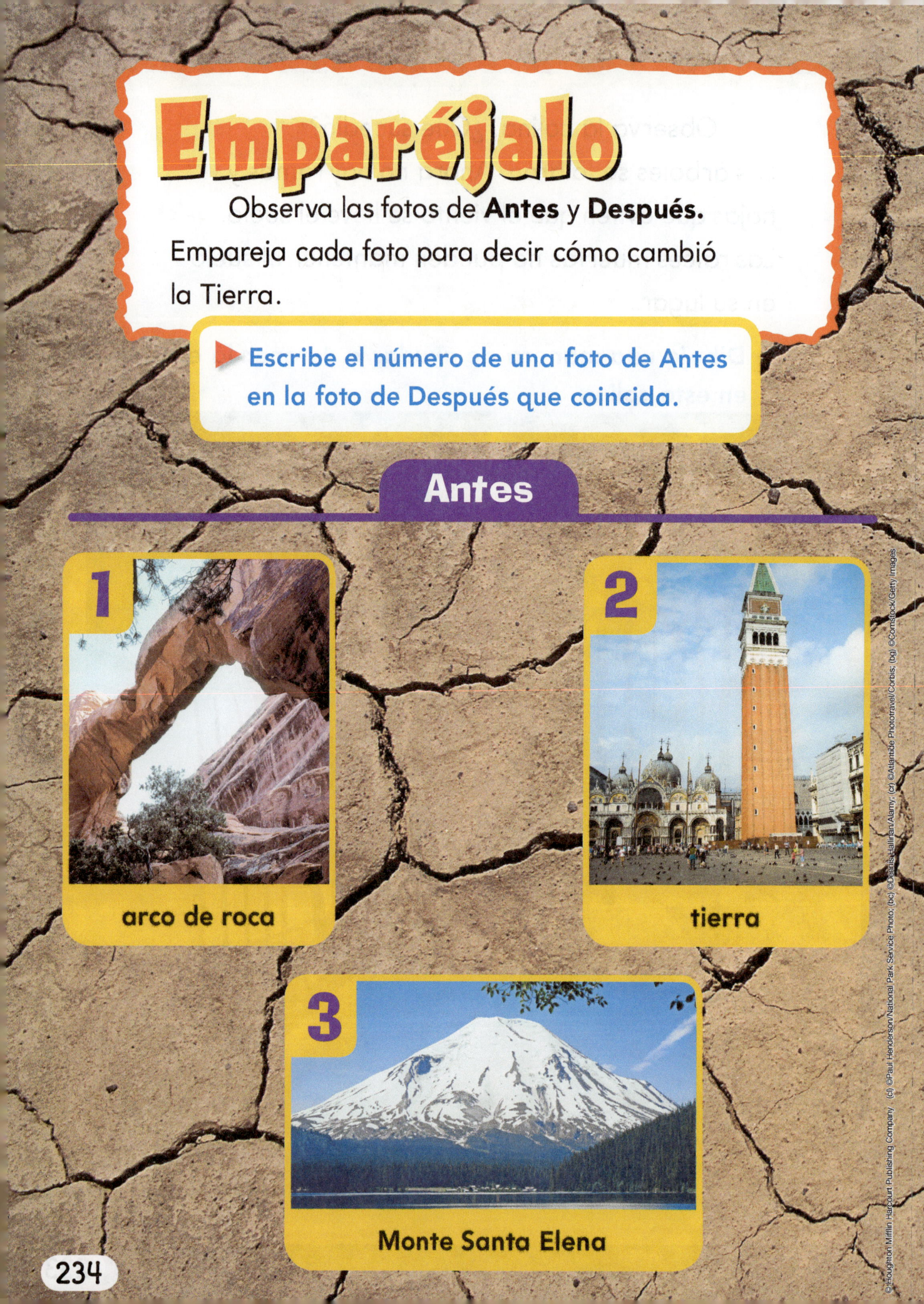

Después

meteorización

volcán

inundación

Resúmelo

1 Enciérralo en un círculo

Observa cada ilustración. Luego encierra en un círculo el efecto.

Los árboles se secan.   El suelo se va.

Los árboles se queman.   El suelo se mantiene en su lugar.

2 Dibújalo

Dibuja dos cambios en la Tierra. Rotula cada cambio como **rápido** o **lento**.

_____   _____

Ejercita tu mente

Lección 1

Nombre _____

Juego de palabras

Usa estas palabras para completar el crucigrama. Mira las fotos como ayuda.

terremoto   inundación   sequía   volcán   erosión

Horizontales

Verticales

237

Aplica los conceptos

Piensa en cada cambio. Encierra en un círculo en cuánto tiempo crees que sucede.

Tipo de cambio	Tiempo en que puede suceder
terremoto	pocos minutos / muchos años
meteorización	pocos minutos / muchos años
inundación	pocas horas o días / muchos años
erosión	pocas horas o días / muchos años

Para la casa

En familia: Salga de excursión a un sitio natural con su niño. Pida a su niño que señale los lugares donde las plantas detienen la erosión. Hable sobre cómo las plantas detienen la erosión.

Profesiones en las ciencias

Pregúntale a un Geólogo

¿Qué es un geólogo?
Un geólogo es un científico que estudia la Tierra. Estudiamos los materiales de la Tierra, como las rocas, el suelo y el agua.

¿Cómo trabaja un geólogo?
Algunos geólogos desenterramos rocas. Trabajamos al aire libre y calzamos zapatos de excursionismo y picos pequeños. Usamos máquinas para reunir y estudiar los datos sobre la Tierra.

¿Cómo ayuda a los demás su trabajo?
Los geólogos hallamos agua, petróleo y gas debajo del suelo. Estos son recursos que la gente necesita. También estudiamos los terremotos y los volcanes para que la gente esté a salvo.

¡Es tu turno!

▶ ¿Qué pregunta le harías a un geólogo?

_____

_____

Instrumentos de la profesión

▶ ¿Para qué crees que le sirve cada instrumento a un geólogo? Escribe tus respuestas.

casco

_____
_____
_____

pico

_____
_____
_____

brújula

_____
_____
_____

Pregunta esencial

¿Cuáles son los recursos naturales?

Lección 2

Ponte a pensar

Halla la respuesta a la pregunta en la lección.

Observa las estatuas. ¿De qué recurso natural están hechas?

Están hechas de _____ .

Lectura con propósito

Vocabulario de la lección

1. Ojea la lección.
2. Escribe aquí los 2 términos de vocabulario.

_____ _____

¡Es natural!

Un **recurso natural** es todo lo que está en la naturaleza y que las personas pueden utilizar. Entre los recursos naturales más importantes están las rocas, el suelo, el agua y el aire.

Lectura con propósito

Halla la oración que dice el significado de **recurso natural**. Subraya la oración.

Las rocas nos sirven para construir edificios, caminos y paredes.

El suelo nos sirve para cultivar plantas. El suelo tiene los nutrientes y el agua que las plantas necesitan para crecer.

Respiramos el aire para poder vivir.

Todas las personas beben agua. También sirve para cocinar, bañarse y limpiar.

▶ Dibuja una manera en la que las personas usan el agua.

243

Es algo natural

Los animales y las plantas también son recursos naturales importantes. Provienen de la naturaleza y sirven a la gente. Observa cómo se utilizan los animales y las plantas.

Lectura con propósito

La idea principal es la idea más importante sobre algo. Subraya dos veces la idea principal.

A veces los animales se utilizan como alimento y vestimenta. Comemos los huevos de las gallinas. Usamos la lana de las ovejas para hacer ropa caliente.

Las plantas sirven de alimento a las personas. También sirven para construir cosas. La madera y el algodón provienen de plantas.

▶ Dibuja una manera en la que las personas utilizan las plantas.

Productos

Los recursos naturales pueden convertirse en productos. Un **producto** es algo que hacen las máquinas o las personas para su uso.

Recursos naturales

trigo

cereal

algodón

_____
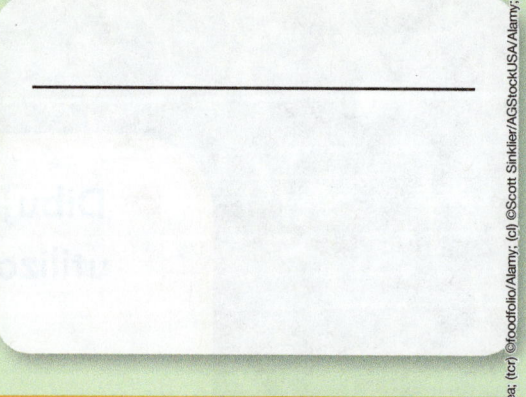

_____
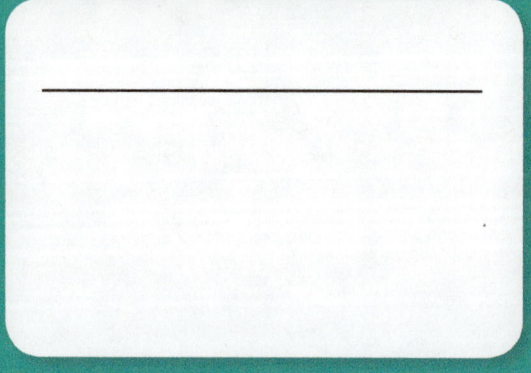

lápices

▶ Completa la tabla. Dibuja un recurso natural o un producto en cada casilla vacía. Luego rotúlalo.

Productos

pasta 	_____ 
toallas 	materiales de primeros auxilios 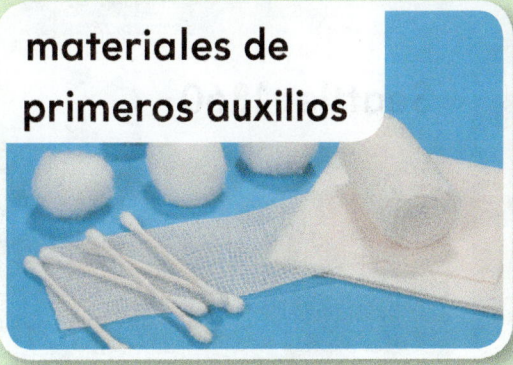
papel 	mueble 

247

Por qué es importante

Crecer

En 1860 Seattle era un pueblo pequeño. Hoy en día es una ciudad grande.

Los árboles crecían por todo Seattle. Muchos iban a Seattle para hacer de los árboles productos, como muebles y casas. Esto trajo nuevos empleos y dinero al pueblo. Los empleos y el dinero contribuyeron a que la ciudad creciera.

En el Gran Incendio de Seattle se quemaron muchos edificios. Pero más gente se mudó a Seattle después del incendio. Aceptaron empleos para colaborar con la reconstrucción de la ciudad.

Seattle, 1860

Los recursos naturales pueden afectar la manera en la que crece un área. Los árboles trajeron empleos y dinero a Seattle. Esto contribuyó a que Seattle creciera.

Práctica matemática

Resuelve un problema

Mira la línea cronológica para resolver el problema.

Seattle se convierte oficialmente en ciudad. — 1865
Gran Incendio de Seattle — 1889

1850   1865   1889   1900

¿Cuántos años pasaron desde que Seattle se convirtió en ciudad hasta el año del Gran Incendio de Seattle? Muestra tu trabajo. _____ años

Hoy Seattle es una ciudad grande con muchas luces y edificios altos.

Resúmelo

1 Escríbelo
Escribe dos maneras en la que usas el agua.

_____

_____

2 Dibújalo
Dibuja una manera en la que usaste hoy un recurso natural.

3 Enciérralo en un círculo
Encierra en un círculo los productos que provienen de las plantas.

Ejercita tu mente

Lección 2

Nombre _____

Juego de palabras

Escribe las definiciones.

recurso natural:

_____

_____

_____

producto:

_____

_____

_____

Empareja cada recurso natural con su producto.

251

Aplica los conceptos

Completa la tabla. Muestra cómo pueden ayudar los productos de las plantas a que un área crezca.

Cómo ayudan los productos de las plantas a que un área crezca

> En un área hay plantas de las que pueden crearse los productos que la gente quiere.

↓

↓

En familia: Lleve a su hijo a una búsqueda de tesoros por su casa. Trabajen juntos para identificar productos que vengan de recursos naturales.

S.T.E.M.
Ingeniería y tecnología

Cómo se hace
Camisa de algodón

Una camisa de algodón se hace con plantas de algodón. Se necesitan muchos pasos para convertir el algodón en una camisa.

El algodón natural se cosecha y se limpia.

El algodón se hila. Y los hilos se tejen para hacer la tela.

La tela se corta en trozos. Los trozos se juntan y se cosen.

S.T.E.M.
continuación

Desordenado

Escribe del 1 al 4 para mostrar el orden correcto de los pasos que se deben seguir para hacer una camisa de algodón. El primero es el Paso 1.

 _____

 _____

_____ _____

¿Con qué tecnología se hace una camisa de algodón?
_____
_____
_____

Parte de la base

 Resuelve un problema sobre la polución del aire. Completa **Ponlo a prueba: Algunos edificios resistentes** en el Rotafolio de investigación.

254

Rotafolio de investigación, pág. 32

Nombre _____

Pregunta esencial

¿Cómo se clasifican los productos de las plantas?

Establece un propósito

Di lo que quieres descubrir.

_____

_____

Piensa en el procedimiento

① ¿Cómo sabes qué productos pertenecen al mismo grupo?

_____

_____

② ¿Cómo anotarías los grupos que hiciste?

_____

_____

255

Anota tus datos

Escribe un nombre para cada grupo. Luego escribe los productos de cada grupo.

Grupo 1	Grupo 2	Grupo 3
_____	_____	_____

Saca tus conclusiones

Menciona varios productos que se hacen de las plantas.

_____

_____

Haz más preguntas

¿Qué otras preguntas harías sobre los productos de plantas?

_____

_____

Tarjetas ilustradas

Recorta las tarjetas por la línea punteada.

Lección 3 INVESTIGACIÓN

Mantequilla de cacahuate

camisa de algodón

mesa de madera

sombrero de paja

mermelada de uva

pantuflas de yute

mantas de algodón

jarabe de arce

cereal de maíz

Repaso de la Unidad 6

Nombre _____

Repaso de vocabulario

Usa los términos de cada casilla y completa las oraciones.

> sequía
> producto
> meteorización

1. Cuando el viento y el agua rompen la roca en pedacitos, el proceso se llama _____.

2. Un período largo con muy poca lluvia produce _____.

3. Algo que hacen las máquinas o las personas para su uso es un _____.

Conceptos de ciencias

Rellena la burbuja con la letra de la mejor respuesta.

4. ¿Cuál es un cambio lento en la Tierra?
   Ⓐ un terremoto
   Ⓑ la erosión
   Ⓒ una inundación

5. ¿Cuál es un recurso natural?
   Ⓐ ropa
   Ⓑ casas
   Ⓒ rocas

6. Esta ilustración muestra un cambio en la Tierra.

¿Qué tipo de cambio en la Tierra muestra?
  Ⓐ un terremoto
  Ⓑ la erosión
  Ⓒ un volcán en erupción

7. ¿Qué son los recursos naturales?
  Ⓐ las cosas que las personas necesitan para vivir
  Ⓑ todo lo que hacen las personas para proteger la naturaleza
  Ⓒ todo lo que está en la naturaleza y que las personas pueden utilizar

8. ¿Qué tipo de cambio en la Tierra detienen las plantas?
  Ⓐ la erosión
  Ⓑ un incendio
  Ⓒ un volcán

9. ¿Qué producto proviene de los árboles?

Ⓐ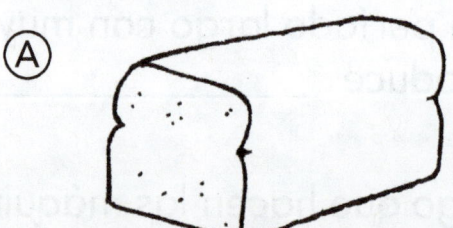

Ⓑ

Ⓒ

10. Aproximadamente, ¿cuánto tiempo puede durar una sequía?
    A) pocos minutos
    B) varios días
    C) varios meses

11. Observa el recurso natural.

    ¿Cómo se puede usar este recurso?
    A) para cocinar
    B) para cultivar plantas
    C) para hacer edificios

12. ¿Qué sucede cuando los ríos, los lagos y los arroyos se llenan demasiado?
    A) una inundación
    B) la erupción de un volcán
    C) la meteorización

13. ¿Cuál de las siguientes acciones es un cambio rápido en la Tierra?
    A) La Tierra tiembla.
    B) La tierra se seca con el paso del tiempo.
    C) Las rocas se convierten en arena.

Investigación y La gran idea
Escribe las respuestas de estas preguntas.

14. Observa la ilustración.

a. ¿Por qué estos objetos son recursos naturales?

_____

_____

b. Menciona dos productos que pueden hacerse con este recurso.

_____

c. ¿Cómo ayuda este recurso natural a detener la erosión?

_____

_____

UNIDAD 7

Todo acerca del tiempo

tornado

La gran idea

El tiempo cambia de un día a otro.

Me pregunto por qué
Guardamos alimentos y otras cosas para casos de tormenta. ¿Por qué?
Da vuelta a la página para descubrirlo.

UNIDAD 7

Por esta razón Se guardan provisiones en caso de que no haya electricidad y las tiendas estén cerradas.

En esta unidad vas a aprender más de La gran idea, y a desarrollar las preguntas esenciales y las actividades del Rotafolio de investigación.

Niveles de investigación ■ Dirigida ■ Guiada ■ Independiente

Comprueba tu progreso

La gran idea El tiempo cambia de un día a otro.

Preguntas esenciales

○ **Lección 1** ¿Cómo cambia el tiempo?................265
   Rotafolio de investigación pág. 33 Diario del tiempo/
   Observemos el viento

○ **Investigación de la Lección 2** ¿Cómo calienta el Sol a la Tierra?................275
   Rotafolio de investigación pág. 34 ¿Cómo calienta el Sol a la Tierra?

○ **Lección 3** ¿Qué patrones sigue el tiempo?.............277
   Rotafolio de investigación pág. 35 Mide mi temperatura/
   Máxima y mínima

○ **Investigación de la Lección 4** ¿Cómo se mide la precipitación?.........287
   Rotafolio de investigación pág. 36 ¿Cómo se mide la precipitación?

○ **Lección 5** ¿Cómo influyen las estaciones en los seres vivos?........................289
   Rotafolio de investigación pág. 37 ¿Me ves?/Encuesta sobre el tiempo

○ **S.T.E.M.** Ingeniería y tecnología: Observemos el tiempo.....299
   Rotafolio de investigación pág. 38 Improvísalo: Estación meteorológica

○ **Lección 6** ¿Cómo podemos prepararnos para el mal tiempo?.....................301
   Rotafolio de investigación pág. 39 Haz tu propio tornado/
   ¡Sobre seguro!

○ Profesiones en las ciencias: Cazadores de tormentas........309

○ Repaso de la Unidad 7........................311

○ ¡Ya entiendo La gran idea!

Cuaderno de ciencias
No olvides escribir lo que piensas sobre la Pregunta esencial antes de estudiar cada lección.

Lección 1

Pregunta esencial

¿Cómo cambia el tiempo?

Ponte a pensar

Halla la respuesta a la pregunta en la lección.

¿Qué tipo de tiempo traen estas nubes?

_____

Lectura con propósito

Vocabulario de la lección

1. Ojea la lección.
2. Escribe aquí los 4 términos de vocabulario.

_____   _____

_____   _____

265

Un tiempo hermoso

El **tiempo** es cómo está el aire en el exterior. El tiempo puede estar soleado, lluvioso, nuboso, nevoso o ventoso. Al aire libre puede hacer frío o calor. El tiempo puede cambiar rápidamente o puede cambiar de un día a otro y de un mes a otro.

Lectura con propósito
La idea principal es la idea más importante sobre algo. Subraya la idea principal.

Algunos días son calurosos y soleados.

▶ **Dibuja cómo está el tiempo de hoy.**

Hay días en que cae lluvia.

En ciertos lugares el tiempo se pone muy frío y puede nevar.

Las nubes

Una nube es un grupo de gotitas de agua o cristales de hielo. Las gotas son tan pequeñas que flotan en el aire. Las gotitas pueden hacerse más grandes y pesadas. Cuando las gotas se ponen demasiado pesadas para flotar, caen en forma de lluvia o nieve.

Las nubes son pistas acerca de cómo puede cambiar el tiempo.

Lectura con propósito
Un efecto nos dice qué sucede. Subraya un efecto de que las gotas se pongan demasiado pesadas para flotar.

Los cúmulos son nubes blancas e hinchadas.

Los estratos son nubes grises y planas. A veces cubren todo el cielo. Los estratos pueden traer lluvia o nieve.

▶ **Dibuja nubes que traigan lluvia. Rotula tus dibujos.**

Los cirros están en lo alto del cielo. Estas nubes delgadas y tenues casi siempre significan tiempo soleado.

Los cumulonimbos son nubes de tormenta. Estas nubes son altas y se ven hinchadas.

269

¡Mídelo!

El tiempo se mide con instrumentos. Con el pluviómetro se miden las precipitaciones. La **precipitación** es agua que cae del cielo. La lluvia, la nieve, la aguanieve y el granizo son formas de precipitación.

El termómetro sirve para medir la temperatura. La **temperatura** es la medida que muestra qué tan caliente o frío está algo.

> **Lectura con propósito**
> Halla la oración que dice el significado de **precipitación**. Subraya la oración.

El aire está a nuestro alrededor. El **viento** es el aire que se mueve a nuestro alrededor y ocupa espacio. Las veletas nos indican la dirección del viento.

Este termómetro mide la temperatura en grados Fahrenheit y Celsius.

El pluviómetro nos dice cuánto ha llovido.

Práctica matemática
Medir la temperatura

Con un termómetro, mide la temperatura del aire por la mañana y por la tarde. Colorea estas dos ilustraciones para mostrar las temperaturas. Luego, escribe las temperaturas en las líneas.

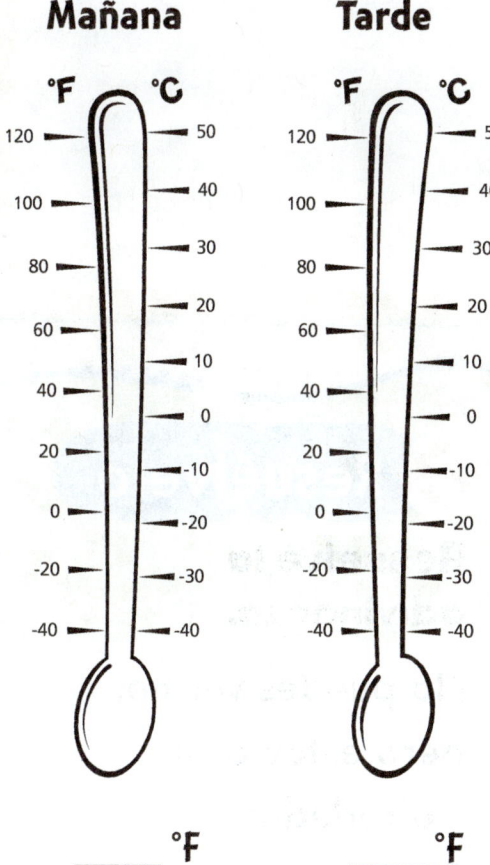

Mañana   Tarde

_____ °F   _____ °F

Escribe una oración de resta para saber cuánto cambió la temperatura.

_____

Resúmelo

1 Dibújalo

Dibuja tu tipo de tiempo preferido.

2 Emparéjalo

Empareja cada instrumento con lo que mide.

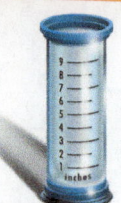   temperatura

   lluvia

3 Resuélvelo

Resuelve la adivinanza.

No puedes verme, pero estoy a tu alrededor.
Soy aire que se mueve.
Ocupo espacio por donde voy.
¿Quién soy?

_____

4 Ordénalo

Escribe 1, 2, 3 para ordenar estos termómetros del más caliente al más frío. Ponle 1 al más caliente.

____ ____ ____

Ejercita tu mente

Lección 1

Nombre _____

Juego de palabras

Lee las pistas. Usa estas palabras para completar el crucigrama.

| tiempo | temperatura | precipitación | viento |

Horizontales

1. Cómo está el aire en el exterior
2. Aire que se mueve a nuestro alrededor y ocupa espacio

Verticales

3. Agua que cae del cielo en forma de lluvia, nieve, aguanieve o granizo
4. Qué tan caliente o frío está algo

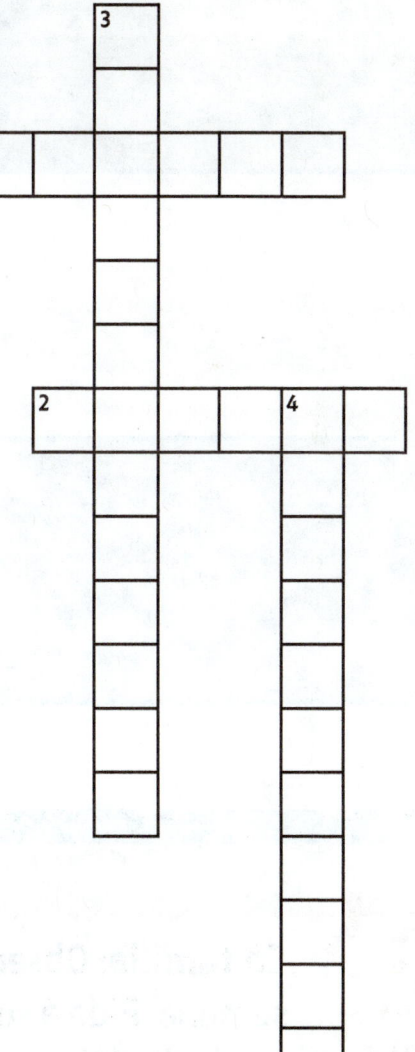

273

Aplica los conceptos

Escribe y dibuja para completar la tabla.

Las nubes y el tiempo

Nubes	Tiempo
	Los cúmulos significan tiempo soleado.
	_____ _____
	Las nubes cirro traen tiempo soleado.
	_____ _____

En familia: Observe las nubes con su niño durante una semana. Pida a su hijo que siga las pistas de las nubes para predecir el tiempo de cada día.

Rotafolio de investigación, pág. 34

Lección 2
INVESTIGACIÓN

Nombre _____

Pregunta esencial

¿Cómo calienta el Sol a la Tierra?

Establece un propósito

Escribe lo que quieres descubrir.

_____

_____

Formula tu hipótesis

Escribe tu hipótesis o el enunciado que vas a poner a prueba.

_____

_____

Piensa en el procedimiento

¿Cómo usarás los termómetros?

_____

_____

275

Anota tus datos

Anota en esta tabla todo lo que observes.

	Temperatura inicial	Temperatura final
aire		
agua		
suelo		

Saca tus conclusiones

¿En qué se diferencian las maneras en que el Sol calienta la tierra, el aire y el agua? ¿Cómo lo sabes?

_____

_____

_____

Haz más preguntas

¿Qué otras preguntas puedes hacer sobre el calor del sol?

_____

_____

_____

Lección 3

Pregunta esencial

¿Qué patrones sigue el tiempo?

Ponte a pensar

Halla la respuesta a la pregunta en la lección.

¿Qué hace este científico?

El científico _____

Lectura con propósito

Vocabulario de la lección

1. Ojea la lección.
2. Escribe aquí los 4 términos de vocabulario.

_____   _____

_____   _____

277

Un patrón perfecto

El tiempo cambia hora tras hora o de un día para otro. Sigue un patrón de cambio. Un **patrón del tiempo** es el cambio en el estado del tiempo que se repite una y otra vez.

Lectura con propósito
Halla la oración que dice el significado de patrón del tiempo. Luego subraya la oración.

Mañana suave
El sol está bajo en el cielo. Apenas acaba de comenzar a calentar a la Tierra. El aire aún está frío.

Mediodía de resplandor
El sol está alto en el cielo. Ya calentó a la Tierra y al aire.

▶ ¿Qué momento del día es el más cálido?
_____

Tarde de sombra

El sol se oculta. Ya no calienta más a la Tierra. El aire se enfría.

Llega la noche

Ya no vemos el sol. El aire se enfría. Mañana el patrón comenzará otra vez.

¿Adónde se va el agua?

El **ciclo hidrológico** es el movimiento del agua de la Tierra al aire y nuevamente a la Tierra. El ciclo hidrológico es otro patrón. El tiempo cambia con el ciclo hidrológico.

> **Lectura con propósito**
> Una causa dice por qué sucede algo. ¿Por qué el agua cae como precipitación? Subraya una causa.

Cuando calienta el sol, el agua se comienza a **evaporar**, o a cambiar de líquido a gas. El gas se eleva y se encuentra con un aire más frío.

Después el gas se enfría y se condensa, o pasa de gas a gotitas. Esas gotitas forman nubes.

Las gotitas de agua se unen para formar gotas más grandes. Las gotas caen en forma de precipitación.

Las precipitaciones fluyen hacia los ríos, los lagos y los océanos. Entonces el ciclo hidrológico comienza otra vez.

▶ ¿Adónde se va el agua cuando el sol calienta?

_____
_____
_____

Observemos el tiempo

¿Cómo sabes qué ponerte para salir al aire libre? Piensas en el tiempo. Saber sobre el tiempo nos permite planificar las actividades. También nos ayuda a evitar riegos.

Los científicos nos ayudan a saber más sobre el tiempo. Los científicos miden el estado del tiempo con sus instrumentos. Al medir el tiempo, los científicos notan patrones. Los patrones les sirven para predecir el estado del tiempo. Luego pueden decirnos qué tipo de tiempo viene.

Este instrumento meteorológico mide la temperatura, la velocidad del viento y la precipitación.

▶ ¿Cómo crees que este instrumento meteorológico nos ayuda a estar protegidos?

_____

_____

_____

Puedes llevar un registro del tiempo y anotar los datos en casa o en la escuela. Con el paso del tiempo, los datos muestran patrones.

▶ El reporte del tiempo nos dice que el día estará lluvioso y frío. Dibuja qué ropa usarías.

283

1 Emparéjalo

Empareja cada ilustración con la palabra a la que se refiere.

mañana

tarde

2 Respóndelo

Completa el espacio en blanco.

¿Cómo se llama el movimiento del agua de la superficie de la Tierra al aire y nuevamente a la Tierra?

_____

3 Escríbelo

Escribe dos razones de por qué es importante llevar un registro del tiempo.

_____
_____
_____

Ejercita tu mente

Lección 3

Nombre _____

Juego de palabras

Completa los espacios en blanco con las palabras de la casilla.

| medir | evapore | condensarse | agua |

El (1)___ ___ ___ se mueve en un ciclo.

El calor hace que el agua cambie de líquido a gas, o se ___ ___ ___ ___ ___ ___(2)___ ___ .

Los científicos usan instrumentos para ___ ___(3)(4)___ el tiempo.

El agua puede ___ ___ ___ (5)___ ___ ___ ___ ___ ___ y formar gotitas.

Escribe la respuesta a la pregunta con las letras que quedaron encerradas en círculos.

¿Cómo llamas al cambio en el estado del tiempo que se repite una y otra vez?

p __(1) t __(2) ó n __(3) el t __(4) __(5) m p o

285

Aplica los conceptos

Completa la tabla. Muestra las causas y los efectos del ciclo hidrológico.

Ciclo hidrológico

Causa	Efecto
El sol calienta el agua de la superficie de la Tierra.	_____
El agua se condensa en forma de gotas.	_____
_____	Las gotas caen a la Tierra en forma de lluvia.

Para la casa

En familia: Mire o lea un pronóstico del tiempo diario con su niño. Comente por qué es tan útil predecir el tiempo.

Rotafolio de investigación, pág. 36

Nombre _____

Pregunta esencial

¿Cómo se mide la precipitación?

Establece un propósito
Explica lo que quieres descubrir.

_____

Piensa en el procedimiento

❶ ¿Por qué le haces marcas a la botella?

_____
_____

❷ ¿Por qué haces mediciones diarias durante dos semanas?

_____
_____
_____

287

Anota tus datos

En cada casilla, escribe la precipitación diaria en pulgadas y escribe **LL** para lluvia, **N** para nieve, **A** para aguanieve y **G** para granizo.

	Día 1	Día 2	Día 3	Día 4	Día 5	Día 6	Día 7
Semana 1							
Semana 2							

Saca tus conclusiones

¿Qué día hubo más precipitación? ¿Cómo lo sabes?

_____
_____

¿Observaste algún patrón del tiempo? Explica.

_____
_____
_____

Haz más preguntas

¿Qué otras cosas podrías preguntar sobre medir el tiempo?

_____
_____
_____

Lección 5

Pregunta esencial

¿Cómo influyen las estaciones en los seres vivos?

Ponte a pensar

Halla la respuesta a la pregunta en la lección.

¿Cuándo podrías ver hielo sobre las plantas?

Podría verse en _____.

Lectura con propósito

Vocabulario de la lección

1. Ojea la lección.
2. Escribe aquí los 3 términos de vocabulario.

_____   _____

_____

De estación a estación

Una **estación** es la época del año en la que hace un tipo de tiempo determinado. El tiempo cambia con cada estación. Las estaciones siempre siguen el mismo patrón año tras año.

Otro otoño

En el otoño puede hacer frío al aire libre. Las hojas de ciertos árboles cambian de color y se caen.

Invierno intenso

El invierno es la estación más fría del año. A veces se forma hielo sobre la tierra y las plantas. Y en ciertos lugares nieva. El invierno es la estación con menos horas de luz del día.

▶ Dibuja qué estación viene después de primavera.

_____

Prima primavera

En primavera el aire se pone más cálido. Hay lugares donde llueve mucho.

Verano verdadero

El verano es la estación más cálida. En ciertos lugares se producen tormentas repentinas. Es la estación que tiene más horas de luz del día.

Un cambio de ritmo

Los cambios en la temperatura y la luz solar de una estación a otra afectan a los seres vivos. Hay plantas y animales que cambian de color. También pueden cambiar su comportamiento. Hay animales que se mudan del lugar donde viven.

> **Lectura con propósito**
> Un detalle es un hecho acerca de una idea principal. Subraya un detalle. Dibuja una flecha hasta la idea principal a la que se refiere.

otoño

invierno

verano

primavera

Las hojas de algunos árboles cambian de color y se caen en otoño. Luego las hojas vuelven a crecer en primavera.

Algunos animales hibernan en invierno. **Hibernar** es permanecer en un estado de sueño profundo. Esto les permite a animales como los murciélagos ahorrar energía.

murciélago que hiberna

El pelaje del zorro del ártico cambia de color con las estaciones. Observa cómo su pelaje coincide con su medioambiente en cada estación.

verano

invierno

Algunos animales migran. **Migrar** es irse a vivir a otro lugar por un tiempo y luego volver. En otoño, los gansos de Canadá vuelan de los lugares fríos a lugares más cálidos.

▶ Encierra en un círculo tres maneras en la que algunos seres vivos cambian con las estaciones.

Las estaciones y tú

¿Te pones abrigo para salir un caluroso día de verano? ¿Nadas en la playa en invierno? ¡Seguro que no!

Las estaciones también influyen en las personas. Influyen en qué ropa usamos, cómo nos transportamos y qué hacemos para divertirnos.

Lectura con propósito
La idea principal es la idea más importante sobre algo. Subraya la idea principal.

Las estaciones influyen en la ropa que usas. Te pones ropa más fresca en primavera. Y vistes con ropa más abrigada en otoño.

Las estaciones alteran la manera en que te transportas. En invierno andas en carro o en autobús. En verano sales a montar bicicleta.

Las estaciones influyen en las actividades que haces.

▶ Menciona una actividad que puedas hacer un día caluroso de verano.

_____

Resúmelo

1 Emparéjalo

Empareja la ilustración con la palabra a la que se refiere.

   primavera

   invierno

2 Enciérralo en un círculo

Encierra en un círculo las maneras en las que cambia un árbol con las estaciones.

Se le caen las hojas.

Migra.

Las hojas le cambian de color.

3 Dibújalo

Dibújate a ti mismo al aire libre en tu estación preferida.

4 Respóndelo

Una ballena gris nada de aguas frías a aguas más cálidas en invierno. ¿De qué es un ejemplo esto?

_____

Ejercita tu mente

Lección 5

Nombre _____

Juego de palabras

Completa los espacio en blanco. Utiliza cada palabra de la casilla.

| hibernan | otoño | estación | migrar |

Querida tía Lucy:

　　Gracias por dejarme ir a visitarte. Por lo general, el verano es mi _____ preferida para ir a visitarte. Pero esta vez me gustó estar allá en _____ cuando las hojas cambian de color.

　　Caminar por el bosque fue genial. Fue la primera vez que vi a las aves comenzar a _____ a sus hogares de invierno. Qué lindo descubrir que las ardillas de tierra _____. Tengo que ir en primavera, para cuando despierten.

Tu sobrino,

Ben

Aplica los conceptos

Completa la tabla. Muestra cómo afectan las estaciones a los seres vivos.

Cómo afectan las estaciones a los seres vivos

Plantas	Animales	Personas
_____	_____	_____
_____	_____	_____
_____	_____	_____
_____	_____	_____
_____	_____	_____
_____	_____	_____
_____	_____	_____
_____	_____	_____

Para la casa

En familia: Pida a su niño que elija su estación preferida. Luego comenten cómo afectan los cambios de esa estación a seres vivos como las plantas, los animales y las personas.

S.T.E.M.
Ingeniería y tecnología

Observemos el tiempo

Aviones de investigación de huracanes

Los aviones de investigación de huracanes reúnen datos sobre los huracanes. A través de los datos, los científicos predicen y siguen el curso de los huracanes.

El avión vuela cerca de un huracán.

Los instrumentos meteorológicos van dentro de tubos. El avión suelta los tubos dentro del huracán.

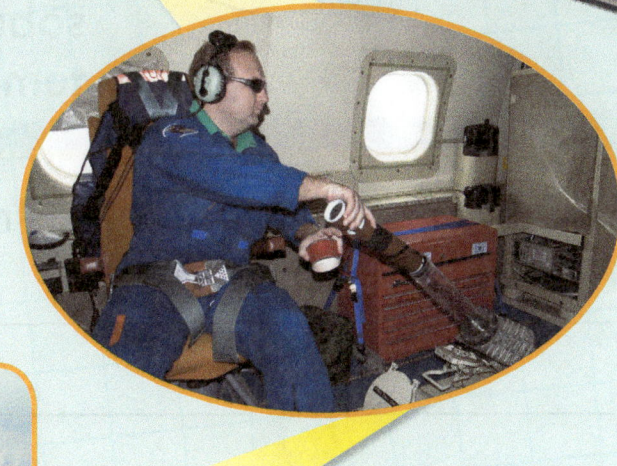

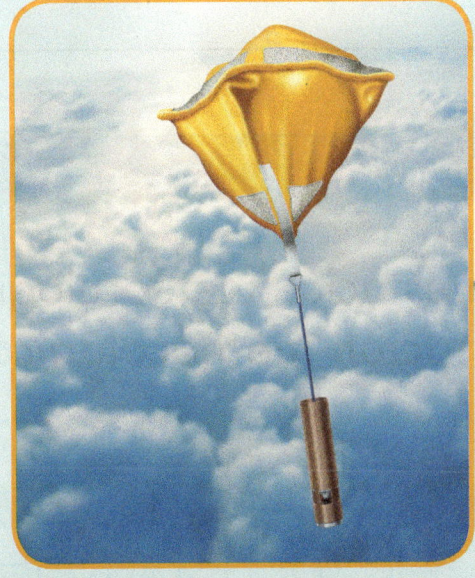

Los tubos caen en el centro del huracán. Luego estos instrumentos que están dentro de los tubos reúnen datos sobre la tormenta.

S.T.E.M. continuación

Tecnología meteorológica

Observa el diagrama del tubo meteorológico. Luego responde las preguntas.

El paracaídas disminuye la velocidad a la que el tubo cae dentro el huracán.

Los instrumentos meteorológicos van dentro del tubo y reúnen los datos sobre la velocidad del temporal y la temperatura.

¿Qué sucedería si el paracaídas no se abriera?

_____

_____

Parte de la base

Haz un plan para tu propia estación meteorológica. Completa **Improvísalo: Estación meteorológica** en el Rotafolio de investigación.

Lección 6

Pregunta esencial

¿Cómo podemos prepararnos para el mal tiempo?

Ponte a pensar

Halla la respuesta a la pregunta en la lección.

¿Cuándo se pone el viento como un embudo?

Cuando hay un _____.

Lectura con propósito

Vocabulario de la lección

1. Ojea la lección.
2. Escribe aquí los 4 términos de vocabulario.

_____ _____

_____ _____

Tiempo salvaje

¡A veces el tiempo se pone salvaje! Entonces tenemos un muy mal tiempo, o tiempo inclemente. Una tormenta eléctrica es un tipo de tiempo inclemente. La **tormenta** eléctrica es una tormenta con mucha lluvia, truenos y rayos.

Lectura con propósito

Los detalles son hechos acerca de la idea principal. Subraya un detalle y dibuja una flecha hasta la idea principal a la que se refiere.

Los **rayos** son destellos de electricidad en el cielo.

Los tornados son otra forma de tiempo inclemente. Un **tornado** es una nube que gira en forma de embudo y tiene vientos fortísimos.

Los huracanes son otra forma de tiempo inclemente. El **huracán** es una gran tormenta con lluvias copiosas y vientos fuertes.

▶ ¿Qué tiempo muestra esta ilustración? Rotúlalo.

_____

Un huracán puede destrozar una zona.

Por qué es importante

La seguridad ante todo

Las tormentas son peligrosas. Los científicos llamados meteorólogos predicen las tormentas. Nos advierten cuando vienen las tormentas. Así todo el mundo puede protegerse y estar preparado.

Los meteorólogos predicen el tiempo inclemente y le siguen el rastro con instrumentos como las computadoras.

▶ ¿Qué pasaría si los meteorólogos no predijeran el tiempo en tu área?

_____

_____

Consejos de seguridad en las tormentas

Lee estos consejos sobre cómo estar preparados en caso de tormenta. Después, agrega tu propio consejo al final.

1. Almacenar comida y agua.

2. Guardar otras cosas que se puedan necesitar, como linternas y mantas.

3. Hacer un plan para tu familia y tus mascotas.

4. Permanecer bajo techo.

5. _____
_____
_____

Estas personas intentan proteger los bienes del tiempo inclemente.

Resúmelo

1 Resuélvelo

Completa el espacio en blanco.

¿Qué tipo de tormenta está compuesta de  y ?

_____

2 Dibújalo

Dibújate a ti mismo preparándote para un tiempo inclemente.

3 Enciérralo en un círculo

Encierra en un círculo las ilustraciones que muestran un tiempo inclemente.

Lección 6

Nombre _____

Juego de palabras

Halla cada palabra en la sopa de letras. Después, responde las preguntas.

| tormenta | huracán | rayo | tornado |

```
q i g g d o r a s t i e m
t o r m e n t a u i r c t
l s j k d a z y l p a r o
w a t r s p l i y t h m r
b w e g s t h u r a c a n
a f f l e s y h o r t c a
c e m j u v i r r o t c d
g i h o n h j p l r a y o
```

❶ ¿Qué se ve durante una tormenta eléctrica?

_____

❷ ¿En qué tipo de tormenta siempre hay lluvias copiosas y vientos fuertes?

_____

307

Aplica los conceptos

¿Cómo te prepararías para un tiempo inclemente en tu zona? Escribe un plan.

_____
_____
_____
_____
_____
_____
_____
_____
_____
_____

Para la casa

En familia: Haga con su niño un plan de seguridad para su familia en caso de tormenta.

Personajes en las ciencias

Pregúntale a un cazador de tormentas

¿Qué tipos de tormentas buscan los cazadores de tormentas?
La mayoría de los cazadores de tormentas persiguen tornados. Pero hay unos cazadores de tormentas que buscan huracanes.

¿Cómo trabajan?
Los cazadores de tormentas estudiamos el tiempo cuidadosamente. Aprendemos sobre las peores tormentas y tratamos de predecir dónde encontrarlas. Entonces viajamos para ver la tormenta.

¿Qué hacen los cazadores de tormentas por otras personas?
La mayoría de los cazadores de tormentas trabajan para centros meteorológicos. Si detectamos una tormenta, podemos alertar a la policía y a quienes estén en sus granjas.

¡Es tu turno!

▶ ¿Qué preguntas podrías hacerle a un cazador de tormentas?

_____
_____

Personajes en las ciencias continuación

A salvo de la tormenta

▶ Dibuja o escribe la respuesta a cada pregunta sobre cómo hacer para estar seguros.

1 Tu familia tiene un botiquín de tormentas. Se usa cuando hay un corte de electricidad o cuando alguien se lastima. Dibuja una de las cosas que pondrías en un botiquín para tormentas.

2 Se acerca una tormenta. ¿Por qué deberías hacer un plan?

3 Los cazadores de tormentas detectan un tornado. Dibuja lo que ellos ven.

4 ¡Alerta de tornado! Tu familia sigue su plan de seguridad y busca un refugio. ¿Por qué?

1

2

3

4

Repaso de la Unidad 7

Nombre _____

Repaso de vocabulario

Completa las oraciones con los términos de la casilla.

> hibernar
> precipitación
> patrón del tiempo

1. El agua que cae del cielo es _____.

2. Un cambio en el estado del tiempo que se repite una y otra vez es un _____.

3. Lo que hacen los animales cuando permanecen en un estado de sueño profundo durante el invierno. _____.

Conceptos de ciencias

Rellena la burbuja con la letra de la mejor respuesta.

4. ¿Qué estación es por lo general la más calurosa?
   Ⓐ primavera
   Ⓑ verano
   Ⓒ invierno

5. ¿Cómo te prepararías para una tormenta?
   Ⓐ Leerías la temperatura.
   Ⓑ Te pararías debajo de un árbol.
   Ⓒ Te quedarías dentro de un lugar seguro.

6. ¿Cómo está el tiempo en esta ilustración?

   Ⓐ nuboso y con tormenta
   Ⓑ nevoso y frío
   Ⓒ soleado y caluroso

7. ¿Qué opción describe a un huracán?
   Ⓐ nube oscura que gira con forma de embudo
   Ⓑ tormenta con lluvia, truenos y relámpagos
   Ⓒ gran tormenta con lluvias copiosas y vientos fuertes

8. Quieres observar y medir cuánto llueve cada día durante dos semanas. ¿Qué instrumento deberías usar?
   Ⓐ un pluviómetro
   Ⓑ un termómetro
   Ⓒ una veleta

9. ¿Dónde está el aire?
   Ⓐ a nuestro alrededor
   Ⓑ solo en los vientos
   Ⓒ solo en las tormentas

Unidad 7 Repaso de la unidad

10. ¿Qué instrumento indica la dirección del viento?

    Ⓐ un pluviómetro
    Ⓑ un termómetro
    Ⓒ una veleta

11. ¿A qué elemento calienta más el sol en una hora?

    Ⓐ al aire
    Ⓑ al suelo
    Ⓒ al agua

12. Ayer llovió durante todo el día. ¿Qué tipo de nube es **más probable** que hayas visto ayer?

    Ⓐ estratos
    Ⓑ cirros
    Ⓒ cúmulos

13. Observa esta ilustración del ciclo hidrológico.

    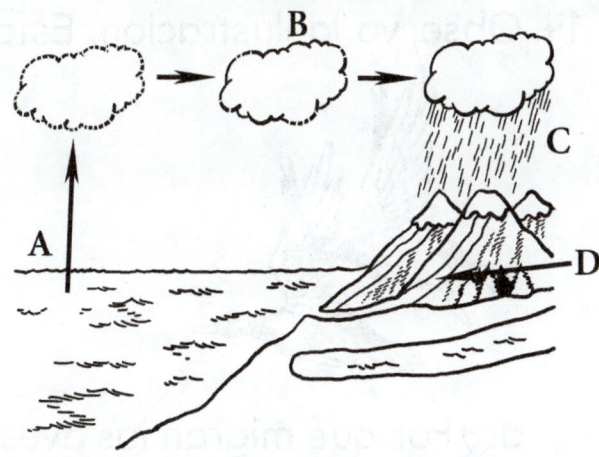

    ¿Qué ocurre en el paso C?

    Ⓐ condensación
    Ⓑ evaporación
    Ⓒ precipitación

Repaso de la unidad   Unidad 7   313

Investigación y La gran idea

Escribe las respuestas de estas preguntas.

14. Observa la ilustración. Estas aves migran.

a. ¿Por qué migran las aves?

_____

b. ¿Cómo cambian tus opciones de ropa y actividades en invierno? Menciona dos maneras.

_____

15. Observas el tiempo durante dos días y haces esta tabla.

Nuestro tiempo				
Lunes	Martes	Miércoles	Jueves	Viernes
☁☀	🌧			

a. ¿Qué puedes concluir?

_____

b. ¿Por qué es importante llevar un registro del tiempo?

_____

UNIDAD 8
El sistema solar

planetario

La gran idea
La Tierra es un planeta de nuestro sistema solar. En la Tierra y en el cielo ocurren cambios del día a la noche.

Me pregunto por qué
Estás personas observan el cielo de noche en un planetario. ¿Por qué?
Da vuelta a la página para descubrirlo.

UNIDAD 8

Por esta razón Un planetario muestra imágenes cercanas de objetos lejanos, como las estrellas y otros planetas.

En esta unidad vas a aprender más sobre La gran idea, y a desarrollar las preguntas esenciales y las actividades del Rotafolio de investigación.

Niveles de investigación ■ Dirigida ■ Guiada ■ Independiente

Comprueba tu progreso

La gran idea La Tierra es un planeta de nuestro sistema solar. En la Tierra y en el cielo ocurren cambios del día a la noche.

Preguntas esenciales

Lección 1 ¿Qué son los planetas y las estrellas? 317
Rotafolio de investigación pág. 40 Observemos las estrellas/Ponerse en órbita

Personajes en las ciencias: Annie Jump Cannon 327

Lección 2 ¿Cuál es la causa del día y de la noche? 329
Rotafolio de investigación pág. 41 Decir la hora/Cambios de las sombras

S.T.E.M. Ingeniería y tecnología: Ojos en el cielo 339
Rotafolio de investigación pág. 42 Improvísalo: Telescopio

Investigación de la Lección 3 ¿Cómo se hace un modelo del día y de la noche? 341
Rotafolio de investigación pág. 43 ¿Cómo se hace un modelo del día y de la noche?

Repaso de la Unidad 8 343

¡Ya entiendo La gran idea!

Cuaderno de ciencias
No olvides escribir lo que piensas sobre la Pregunta esencial antes de estudiar cada lección.

316

Lección 1

Pregunta esencial

¿Qué son los planetas y las estrellas?

Halla la respuesta a la pregunta en la lección.

¿Alrededor de cuál estrella gira la Tierra?

_____

Lectura con propósito

Vocabulario de la lección

1. Ojea la lección.
2. Escribe aquí los 5 términos de vocabulario.

_____ _____

_____ _____

_____

¡Todos los sistemas, adelante!

Vivimos en la Tierra. La Tierra es un planeta. Un **planeta** es una gran esfera de roca o gas que se mueve alrededor del Sol.

El Sol y los planetas, que giran con sus lunas alrededor del Sol, son las partes del **sistema solar**. En nuestro sistema solar hay ocho planetas. La Tierra es uno de los planetas del sistema solar.

Sol   Mercurio   Venus   Tierra   Marte

▶ ¿Cuántos planetas hay en nuestro sistema solar?

_____

▶ ¿Cuál es el planeta más cercano al Sol?

_____

De noche solo puedes ver ciertas partes del sistema solar. Durante el día, las partes siguen allí. Simplemente no puedes verlas cuando hay mucha luz en el exterior.

Júpiter Saturno Urano Neptuno

Los planetas son distintos. Son de distintos tamaños. Y están a distintas distancias del Sol.

El centro de atención

El Sol es el centro del sistema solar. La Tierra y el resto de los planetas se mueven en órbitas alrededor del Sol. La **órbita** es el recorrido que hace un planeta mientras se mueve alrededor del Sol.

A los planetas que están más cerca del Sol les toma menos tiempo completar una órbita alrededor del Sol. A los planetas que están más lejos les toma más tiempo completar una órbita.

Lectura con propósito

La idea principal es la idea más importante sobre algo. Subraya dos veces la idea principal.

Venus

Mercurio

Sol

Marte

Tierra

A la Tierra le toma un año completar una órbita alrededor del Sol.

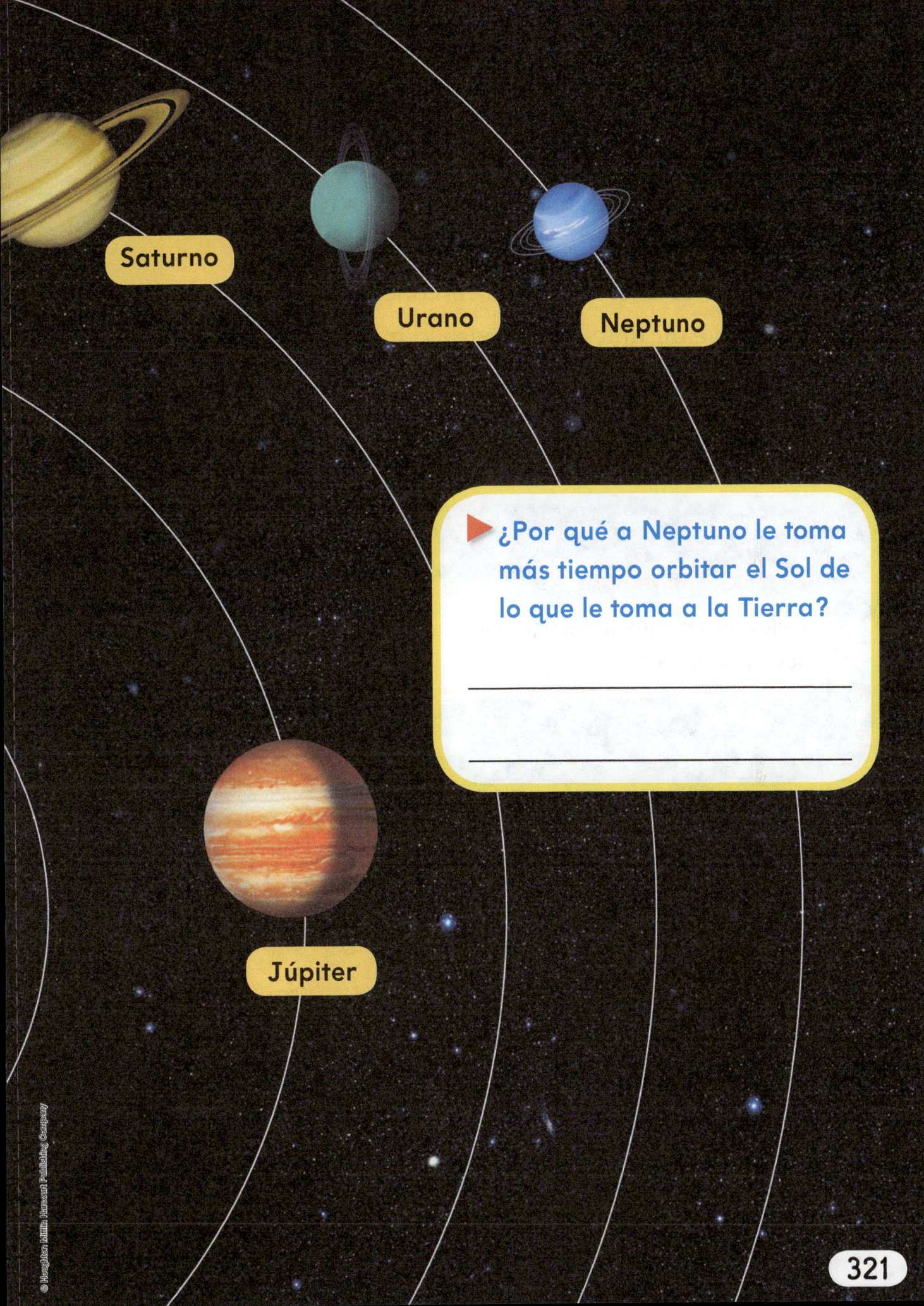

Saturno

Urano

Neptuno

▶ ¿Por qué a Neptuno le toma más tiempo orbitar el Sol de lo que le toma a la Tierra?

_____

_____

Júpiter

Estrella brillante

Una **estrella** es una esfera enorme de gases calientes. Los gases emiten luz y calor.

El Sol es la estrella más cercana a la Tierra. El Sol se ve durante el día, pero la mayoría de las estrellas solo se ven de noche. Se ven como puntitos de luz porque están muy lejos.

> **Lectura con propósito**
> Halla la oración que dice el significado de **estrella**. Subraya la oración.

El Sol le da luz y calor a la Tierra.

Algunas estrellas forman constelaciones. Una **constelación** es un grupo de estrellas que parecen formar un diseño. ¿A qué se parece esta constelación?

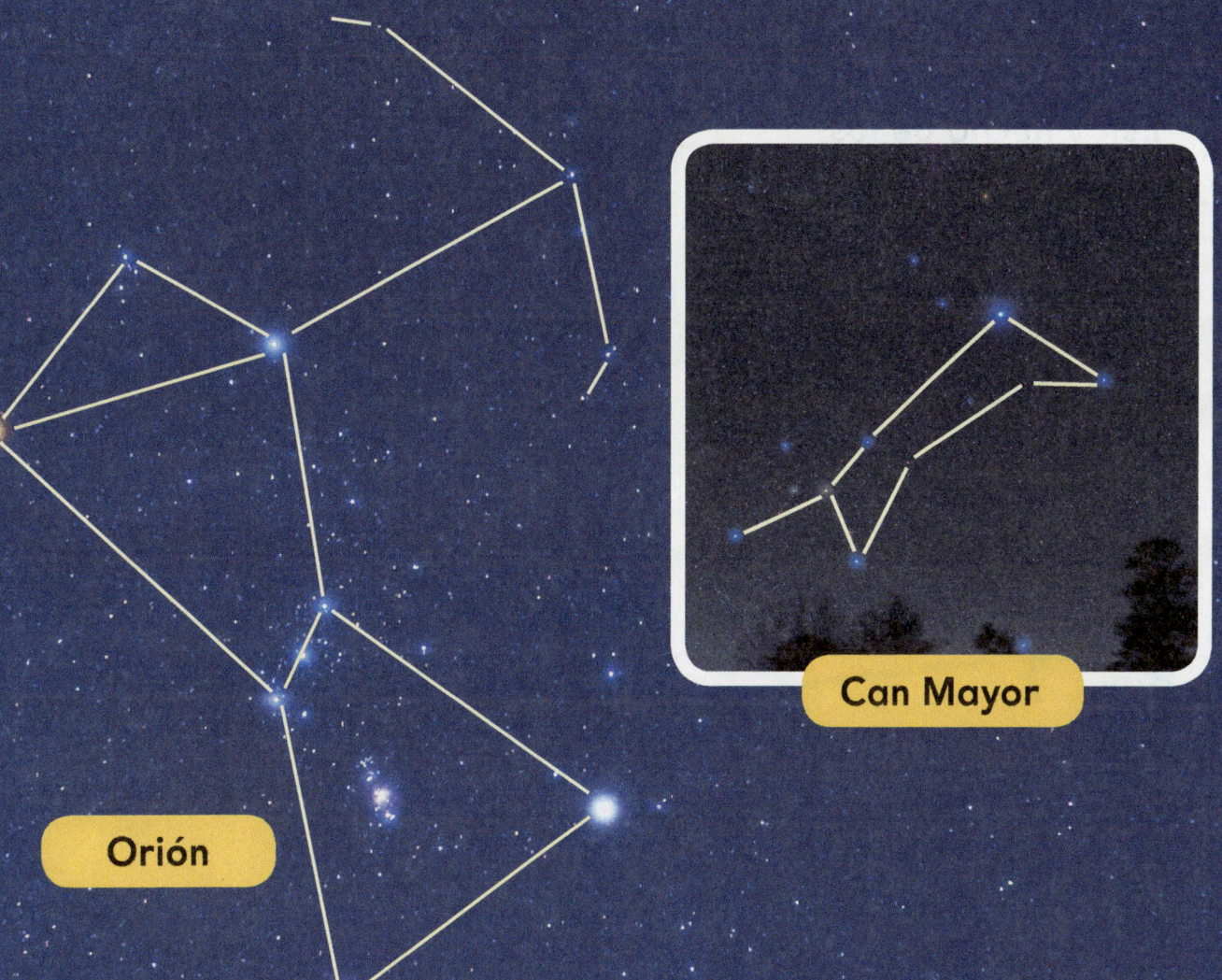

Can Mayor

Orión

▶ ¿Por qué la mayoría de las estrellas solamente se ven de noche?

323

Resúmelo

1 Resuélvelo

Resuelve la adivinanza.

Estoy hecho de los planetas y el Sol.

Tengo ocho planetas. Pero soles solo uno. ¿Quién soy?

_____

2 Dibújalo

Dibuja la órbita de la Tierra alrededor del Sol.

3 Emparéjalo

Empareja la foto con su descripción.

estrella   planeta   constelación

Ejercita tu mente

Lección 1

Nombre _____

Juego de palabras

Escribe una palabra de la casilla para cada definición.

planeta   constelación   sistema   solar   órbita

1. gran esfera de roca o gas que se mueve alrededor del Sol _ _ _ _ _(1)_ _

2. el Sol y los planetas con sus lunas, que se mueven alrededor del Sol (2)_ _(3)_ _ _ _ _ _(4)

3. grupo de estrellas que parecen formar un diseño _ _ _ _ _ (5)(6) _ _ _ _ _

4. recorrido que hace un planeta mientras se mueve alrededor del Sol _ _ _ _ _(7)

Resuelve la adivinanza. Escribe en orden sobre estas líneas las letras que quedaron en los círculos.

Soy un objeto del cielo que emite luz. ¿Quién soy? ___ ___ ___ ___ ___ ___ ___
                                                      1   2   3   4   5   6   7

Aplica los conceptos

Completa la tabla. Escribe las partes del sistema solar.

El sistema solar

En familia: Observe el cielo de noche o explore las constelaciones en Internet. Pida a su niño que identifique las que ya conozca. Investiguen sobre constelaciones que no conozcan o hablen sobre otros patrones de estrellas que vean.

Aprende sobre...

Annie Jump Cannon

Mientras crecía, a Annie Jump Cannon le gustaba observar las estrellas. Finalmente se convirtió en astrónoma. Los astrónomos son científicos que estudian las estrellas, los planetas y otros objetos que hay en el espacio.

Annie se puso a estudiar fotos de las estrellas. Y así clasificó las estrellas por grupos. Sus grupos de fotos eran una manera nueva de clasificación. Hoy en día, los científicos todavía clasifican las estrellas de esta manera.

Dato curioso

Este telescopio, que Cannon usaba en el Observatorio Harvard, fue el más grande del país en su época.

Personajes en las ciencias
continuación

Las estrellas

▶ Muestra lo que aprendiste sobre los astrónomos. Escribe la respuesta de cada pregunta.

1 ¿Qué estudian los astrónomos?

2 ¿Qué instrumentos usan los astrónomos?

3 ¿Por qué los astrónomos clasifican las estrellas?

4 ¿Qué es lo que te gustaría más de ser astrónomo?

1 _____

2 _____

3 _____

4 _____

Lección 2

Pregunta esencial

¿Cuál es la causa del día y de la noche?

Ponte a pensar

Halla la respuesta a la pregunta en la lección.

Cuando es de noche es Tokio, es de mañana en donde vives. ¿Por qué?

La Tierra rota y así se produce _____.

Lectura con propósito

Vocabulario de la lección

1. Ojea la lección.
2. Escribe aquí el término de vocabulario.

_____

Gira, gira y gira

El Sol parece salir y ocultarse todos los días. ¿Por qué? El Sol realmente no se mueve. La Tierra es la que se mueve.

La Tierra gira. A la Tierra le toma 24 horas **rotar**, o dar un giro completo. El amanecer y el anochecer se producen porque la Tierra rota.

Lectura con propósito

Una causa dice por qué sucede algo. Subraya la causa.

Una rotación, o giro completo, le toma a la Tierra un día.

Práctica matemática
Decir la hora

Son las 6:00. ¿Qué hora será 24 horas después? Dibuja la hora en el reloj.

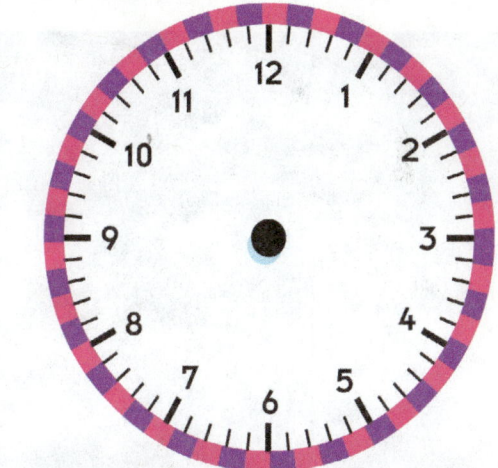

El día y la noche

La causa del día y la noche es la rotación de la Tierra. Mira las ilustraciones. Halla el lugar en la Tierra que recibe luz. Observa cómo el día se hace noche por la rotación de la Tierra.

Lectura con propósito

La idea principal es la idea más importante acerca de algo. Subraya dos veces la idea principal.

La luz solar ilumina la parte de la Tierra que mira hacia el Sol. En esa parte de la Tierra es de día.

día

▶ Marca con una X la parte de la Tierra donde es de noche.

Es de día en la parte de la Tierra que mira hacia el Sol. Es de noche en la parte de la Tierra que no mira hacia el Sol. Los lugares de la Tierra reciben luz y dejan de recibirla a medida que la Tierra rota. Por este cambio se producen el día y la noche.

La parte de la Tierra que no mira hacia el Sol está oscura. En esa parte de la Tierra es de noche.

noche

▶ **Marca con una X la parte de la Tierra donde es de día.**

333

Proyectar una sombra

El Sol parece moverse a través del cielo a medida que la Tierra rota. La luz solar ilumina los objetos desde diferentes direcciones a medida que el día transcurre. Por eso es que cambian el tamaño, la forma y la posición de las sombras.

mañana

mediodía

Las sombras son largas cuando el sol está bajo en el cielo. Son más cortas cuando el sol está alto en el cielo. Mira las fotos para saber cómo cambian las sombras.

▶ Mira el tamaño, la forma y la posición de las sombras en las fotos. Dibuja la sombra que corresponda al anochecer.

tarde

anochecer

1. Enciérralo en un círculo

¿Cuánto tiempo le toma a la Tierra rotar una vez?

24 minutos

24 horas

24 días

2. Escríbelo

¿Por qué en la Tierra hay día y noche?

_____
_____
_____

3. Dibújalo

Dibuja la sombra del paraguas en distintos momentos del día.

mañana

mediodía

Ejercita tu mente

Lección 2

Nombre _____

Juego de palabras

Escribe una palabra de la casilla para completar las oraciones.

| Tierra | rotar | noche | sombra | día |

① En la parte de la Tierra que mira hacia el Sol es de

_____.

② A la Tierra le toma 24 horas _____ una vez.

③ El tamaño, la forma y la posición de una _____ cambian a medida que la luz del sol ilumina desde distintas direcciones.

④ En la parte de la Tierra que no mira hacia el Sol es de

_____.

⑤ El día y la noche ocurren por que la _____ rota.

Aplica los conceptos

Completa la tabla. Escribe los efectos de la rotación de la Tierra.

La Tierra rota una vez cada 24 horas. →

- _____
- _____
- _____

En Familia: Observe y lleve un registro de las sombras con su niño durante el día. Pregunte a su niño por qué cambian el tamaño, la forma y posición de las sombras.

Para la casa

S.T.E.M.
Ingeniería y tecnología

Ojos en el cielo
Telescopios

El telescopio es un instrumento con el que los objetos lejanos se ven grandes. Sirve para ver detalles de las estrellas, los planetas y otros objetos lejanos.

En 1609, el astrónomo Galileo inventó un telescopio nuevo. Usó el telescopio para estudiar el espacio.

Los telescopios de hoy tienen más partes que los primeros telescopios. También están hechos de materiales diferentes.

S.T.E.M.
continuación

Línea cronológica del telescopio

El telescopio ha cambiado desde 1609. ¿Cómo crees que se verá un telescopio dentro de 50 años? Dibuja tu idea.

Escribe una oración que explique tu telescopio.

_____

_____

Parte de la base

Construye tu propio telescopio. Completa **Improvísalo: Telescopio** en el Rotafolio de investigación.

Rotafolio de investigación, pág. 43

Lección 3
INVESTIGACIÓN

Nombre _____

Pregunta esencial

¿Cómo se hace un modelo del día y de la noche?

Establece un propósito

Di lo que quieres hacer.

_____

Piensa en el procedimiento

1 ¿Qué representa el globo?

_____

_____

2 ¿Qué representa la linterna?

_____

_____

_____

3 ¿Por qué debes poner a girar el globo?

_____

_____

341

Anota tus datos

Escribe lo que observes.

¿Qué representa el modelo cuando la parte donde vives está iluminada?	
¿Qué representa el modelo cuando la parte donde vives está oscura?	

Saca tus conclusiones

¿Por qué en la Tierra hay día y noche?

_____

_____

_____

Haz más preguntas

¿Qué otras preguntas harías sobre el día y la noche?

_____

_____

_____

_____

Repaso de la Unidad 8

Nombre _____

Repaso de vocabulario

Usa los términos de cada casilla y completa las oraciones.

> constelación
> órbita
> rotar

1. _____ es cuando un planeta da un giro completo.

2. Un grupo de estrellas que parecen formar un diseño se llama _____.

3. El recorrido que hace un planeta mientras se mueve alrededor del Sol es una _____.

Conceptos de ciencias

Rellena la burbuja con la letra de la mejor respuesta.

4. ¿Qué tipo de objeto es la Tierra?
   Ⓐ una luna
   Ⓑ un planeta
   Ⓒ una estrella

5. ¿Cuál es la causa del día y la noche?
   Ⓐ la rotación de la Tierra
   Ⓑ la órbita de la Luna
   Ⓒ que el Sol sale y se oculta

Repaso de la unidad   **Unidad 8**   343

6. Mira la sombra de la niña.

¿Qué le sucede a su sombra a medida que el día transcurre desde la mañana hasta el mediodía?

Ⓐ Su sombra no cambia.

Ⓑ Su sombra solo cambia de posición.

Ⓒ Su sombra se hace más pequeña y cambia de posición.

7. ¿Qué opción describe el movimiento en el sistema solar?

Ⓐ La Tierra orbita alrededor de otros planetas.

Ⓑ Los planetas orbitan alrededor del Sol.

Ⓒ El Sol orbita alrededor de la Luna.

8. ¿Qué objeto se muestra abajo?

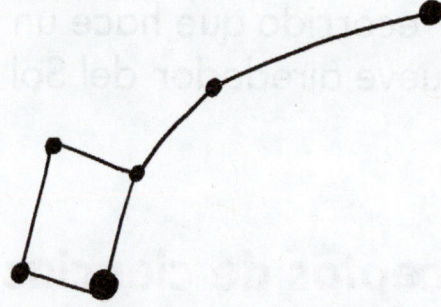

Ⓐ una constelación

Ⓑ una luna

Ⓒ una estrella

344 Unidad 8 Repaso de la unidad

9. ¿Qué enunciado sobre el Sol es verdadero?
    A Es parte de una constelación.
    B Es la estrella más cercana a la Tierra.
    C Puede verse durante el día y la noche.

10. Observa este paraguas y su sombra.

    ¿En qué momento es **más probable** que se haya tomado esta foto?
    A al amanecer
    B cerca del mediodía
    C al anochecer

11. ¿Qué tipo de objeto está en el centro del sistema solar?
    A una luna
    B un planeta
    C una estrella

12. Aproximadamente, ¿cuánto tiempo le toma a la Tierra rotar una vez?
    A 24 horas
    B 24 días
    C 24 años

Investigación y La gran idea

Escribe las respuestas de estas preguntas.

13. Esta ilustración muestra a una niña y su sombra.

a. Di cómo sabes que la foto se tomó cerca del mediodía.

_____

_____

b. Menciona dos maneras en que la sombra cambiará a medida que transcurra el día.

_____

c. ¿Por qué las sombras cambian durante el día?

_____

UNIDAD 9
Cambios en la materia

La gran idea

La materia tiene distintas propiedades. La materia puede ser un sólido, un líquido o un gas. Las propiedades de la materia cambian.

Me pregunto por qué
Los flotadores y los juguetes de natación no cambian de forma. ¿Por qué?
Da vuelta a la página para descubrirlo.

UNIDAD 9

Por esta razón Los gases toman la forma del recipiente que los contiene. Por eso cada objeto se ve diferente.

En esta unidad vas a aprender más sobre La gran idea, y a desarrollar las preguntas esenciales y las actividades del Rotafolio de investigación.

Niveles de investigación ■ Dirigida ■ Guiada ■ Independiente

Comprueba tu progreso

La gran idea La materia tiene distintas propiedades. La materia puede ser un sólido, un líquido o un gas. Las propiedades de la materia cambian.

Preguntas esenciales

Lección 1 ¿Qué es la materia? 349
  Rotafolio de investigación pág. 44 Pongamos una masa en la balanza/El tesoro de las propiedades

Investigación de la Lección 2 ¿Cómo se comparan los volúmenes? 361
  Rotafolio de investigación pág. 45 ¿Cómo se comparan los volúmenes?

S.T.E.M. Ingeniería y tecnología: La tecnología en la cocina 363
  Rotafolio de investigación pág. 46 Piensa en el proceso: Escribe una receta

Lección 3 ¿Cómo cambia la materia? 365
  Rotafolio de investigación pág. 47 Tasa de evaporación/¿Qué se derrite?

Investigación de la Lección 4 ¿Cómo cambia el agua de estado? 373
  Rotafolio de investigación pág. 48 ¿Cómo cambia el agua de estado?

Personajes en las ciencias: Dr. Mei-Yin Chou 375

Repaso de la Unidad 9 377

¡Ya entiendo La gran idea!

Cuaderno de ciencias
No olvides escribir lo que piensas sobre la Pregunta esencial antes de estudiar cada lección.

Lección 1

Pregunta esencial

¿Qué es la materia?

Halla la respuesta a la pregunta en la lección.

¿Qué hay dentro del globo?

_____

Lectura con propósito

Vocabulario de la lección

1. Ojea la lección.
2. Escribe aquí los 8 términos de vocabulario.

_____   _____

_____   _____

_____   _____

_____   _____

349

Todo es materia

La niña y los objetos que la rodean están hechos de materia. La **materia** es todo lo que ocupa espacio y tiene masa. La **masa** es la cantidad de materia que contiene un objeto.

La materia tiene propiedades. Una **propiedad** es una característica que describe cómo es algo. El color, la forma, el tamaño y la textura son propiedades.

Lectura con propósito

Halla la oración que dice el significado de **masa**. Subraya la oración.

Las propiedades de la materia

▶ Observa los dibujos de cada hilera.
Dibuja algo que tenga la misma propiedad.

color

forma

tamaño

textura

351

Materia importante

Sólido, líquido y gaseoso son los tres estados de la materia. Los lentes de sol del niño son un sólido. El agua en su botella es un líquido. La pelota de playa está llena de gases.

Lectura con propósito

La idea principal es la idea más importante sobre algo. Subraya dos veces la idea principal.

¿De qué dos estados de la materia está hecha la pelota de playa?

Sólido como una roca

Mira la silla, la toalla y el sombrero. ¿En qué se parecen estos objetos? La respuesta es que los tres son sólidos.

El **sólido** es el único estado de la materia que tiene su forma propia. La masa de un sólido se puede medir. ¿Qué otros sólidos ves en esta foto?

▶ Dibuja un objeto sólido que llevarías a la playa.

Fórmalo

¿Es el jugo de naranja un sólido? No, porque no tiene su forma propia. Si viertes jugo de una jarra a un vaso, la forma del jugo cambia.

El jugo es líquido. El **líquido** es el estado en que la materia toma la forma del recipiente que la contiene. Puedes medir el volumen de un líquido. El **volumen** es la cantidad de espacio que ocupa la materia.

▶ Compara la jarra con el vaso que está a su derecha. ¿Qué recipiente tiene más volumen?

El agua salada es un tipo de líquido.

La vida divertida

La niña sopla aire dentro de la pelota de playa. El aire está compuesto de gases. El **gas** es el estado en el que la materia llena todo el espacio del recipiente que la contiene. El aire se sigue extendiendo hasta llenar toda la pelota de playa.

Lectura con propósito

Halla la oración que dice el significado de **gas**. Subraya la oración.

El aire no se ve, pero se puede ver y sentir lo que hace.

Agua maravillosa

Por fuera de este vaso, el vapor de agua se convierte en agua líquida.

Aunque no se ve, el vapor de agua está en el aire que rodea a este vaso.

Hay tres estados del agua: sólido, líquido y gas. El agua que bebemos es líquida. El agua sólida es hielo. El **vapor de agua** es agua en forma de gas.

▶ ¿Qué es el vapor de agua?

_____

_____

356

Estados del agua

Escribe en cada casilla vacía para completar la tabla.

Nombre	Estado	Forma
hielo	sólido	_____
agua	_____	toma la forma de su recipiente
_____	gas	llena todo el espacio del recipiente

Resúmelo

① Emparéjalo

Traza líneas para emparejar cada objeto con el estado de la materia.

sólido

líquido

gas

② Escríbelo

Responde la pregunta.

¿Cómo se llaman los tres estados del agua?

_____

_____

_____

③ Emparéjalo

Clasifica según la propiedad. Marca con una X el objeto que no pertenece a cada grupo.

 |

Ejercita tu mente

Lección 1

Nombre _____

Juego de palabras

Escribe la palabra que se corresponda con cada pista. Completa la tabla con los números que faltan. Luego, descifra el mensaje.

a	b	c	d	e	f	g	h	i	j	k	l	m
26	4		8	25		13		6			14	

n	o	p	q	r	s	t	u	v	w	x	y	z
7						17			10	5	12	24

toma la forma del recipiente que lo contiene

__ __ __ __ __ __ __
20 23 3 2 23 16 18

agua en forma de gas

__ __ __ __ __
15 11 1 18 22

cantidad de materia que contiene un objeto

__ __ __ __
19 11 21 11

llena todo el espacio del recipiente que lo contiene

__ __ __
9 11 21

__ __ __ __ __   __ __ __ __
2 7 16 23 11   8 7 20 11

__ __ __ __ __   __ __
1 20 11 12 11   8 21

__ __ __ __ __ __   __ __ __ __ __ __!
19 18 17 23 15 18   16 8 22 23 21 11

359

Aplica los conceptos

Escribe o dibuja para completar la tabla con ejemplos de sólidos, líquidos y gases.

Sólidos, líquidos y gases

Sólidos	Líquidos	Gases

Para la casa

En familia: Mientras camina por casa con su niño, señale objetos y materiales. Pídale a su niño que los clasifique como sólidos, líquidos o gases.

Rotafolio de investigación, pág. 45

Lección 2
INVESTIGACIÓN

Nombre _____

Pregunta esencial

¿Cómo se comparan los volúmenes?

Establece un propósito

Escribe lo que harás en esta investigación.

_____

Formula tu hipótesis

Escribe tu hipótesis, o un enunciado que se pueda poner a prueba.

_____

_____

Piensa en el procedimiento

¿Cómo harás para descubrir qué recipiente contiene mayor cantidad de agua?

_____

_____

_____

361

Anota tus datos

Dibuja la forma de cada recipiente en la tabla. Escribe la cantidad de agua que cupo en cada recipiente.

Forma del recipiente	Cantidad de agua

Saca tus conclusiones

1. ¿Cómo influyó la forma del recipiente en tu idea de a cuál de todos le cabía más agua?

2. ¿Qué diferencia hay entre los resultados que obtuviste y los resultados que pensaste que obtendrías?

Haz más preguntas

¿Qué otras preguntas tienes sobre el volumen?

La tecnología en la cocina

Utensilios de cocina

Los utensilios que usas para cocinar son tecnología. Están diseñados para ayudarte en la cocina. Una cuchara es tecnología. También lo es el horno.

Los recetas te dicen cómo preparar comidas.

Galletas de trigo integral con chispas de chocolate

2 tazas de harina de trigo integral
1 huevo
1 cucharadita de vainilla
1 cucharadita de bicarbonato de sodio

Las tazas de medir y las cucharas vienen en unidades estándares para medir los ingredientes.

El minutero te indica cuándo terminó de hornearse algo.

continuación

Ingéniatelas
Escribe cómo resolverías cada problema.

1. Horneas panecillos. El reloj del horno está roto. ¿De qué otra manera medirías el tiempo que debes hornear los panecillos?
   _____
   _____

2. Necesitas 3 tazas de harina para hacer una receta. Solo tienes una taza de medir que mide 1 taza. ¿Cómo la usarías para medir la harina?
   _____
   _____
   _____

Parte de la base

Escribe sobre la receta de tu sándwich preferido. Completa **Piensa en el proceso: Escribe una receta** en el Rotafolio de investigación.

Lección 3

Pregunta esencial

¿Cómo cambia la materia?

Ponte a pensar

Halla la respuesta a la pregunta en la lección.

El agua se convierte en hielo cuando se _____ el calor.

Lectura con propósito

Vocabulario de la lección

1. Ojea la lección.
2. Escribe aquí los 2 términos de vocabulario.

_____   _____

365

Bien congelado

Quitar o agregar calor cambia el agua. Piensa en cómo se hace el hielo. Colocas agua en el congelador. El agua se congela y se convierte en hielo sólido. Sacas el hielo del congelador. Se derrite y se convierte en líquido.

El congelamiento cambia ciertas propiedades del agua. El hielo tiene forma propia. Pero el agua no. El congelamiento hace que el agua se expanda. Por lo tanto, el hielo ocupa más espacio que el agua.

Lectura con propósito

La idea principal es la idea más importante sobre algo. Subraya dos veces la idea principal.

Este helado es principalmente agua. Aquí está congelada.

▶ Escribe el nombre de algo que se derrita.

_____

_____

Práctica matemática
Comparar los números

Encierra en un círculo las respuestas.

El helado contiene mucha agua. Se derrite más rápido cuando la temperatura es mayor.

¿A qué temperatura se derretirá más rápido el helado?

75 °F   ó   45 °F

50 °F   ó   85 °F

Este helado se calienta, se derrite y se hace líquido.

Agregar y quitar

Agregar calor cambia al agua. Observa el agua de la olla. ¿Cómo cambia el agua a medida que la hornilla la calienta? El agua se convierte en vapor de agua y se evapora al aire. La **evaporación** es el proceso por medio del cual el agua líquida se convierte en vapor de agua, un gas.

> **Lectura con propósito**
> Halla la oración que dice el significado de **evaporación**. Subraya la oración.

evaporación

condensación

¿Cómo el vapor de agua se hace agua otra vez? Solo hay que quitar el calor. Observa el agua de la ventana. La ventana fría enfría el vapor de agua del aire. El vapor de agua se convierte en agua. Se condensa como gotas de agua en la ventana. La **condensación** es el proceso por medio del cual el vapor de agua, un gas, se convierte en agua líquida.

▶ Encierra en un círculo los términos matemáticos que expliquen la evaporación y la condensación.

Resúmelo

1 Enciérralo en un círculo

Encierra en un círculo la respuesta.

¿Qué sucede cuando calientas agua líquida?

evaporación

condensación

¿Qué sucede cuando congelas agua?

Se encoge.

Se expande.

2 Resuélvelo

Resuelve la adivinanza.

Soy el rocío de las flores, las gotas de la ventana. Yo cambio de gas a líquido, de la noche a la mañana. ¿Qué soy?

_____

3 Dibújalo

Dibuja un sólido antes y después de derretirse.

Ejercita tu mente

Lección 3

Nombre _____

Juego de palabras

Lee el rótulo de cada casilla. Escribe o dibuja lo que le sucede al agua durante cada cambio.

Cambios del agua

condensación	evaporación
congelamiento	derretimiento

Aplica los conceptos

Escribe en cada casilla una frase que diga la causa del efecto.

	Causa		Efecto
hielo	☐	➤	agua líquida
vapor de agua	☐	➤	agua líquida
agua líquida	☐	➤	vapor de agua

Para la casa

En familia: Pida a su niño que en casa señale agua que cambia de estado, como cubitos de hielo que se derriten o la condensación en un vaso. Pídale que explique por qué agregar o quitar calor produce esos cambios.

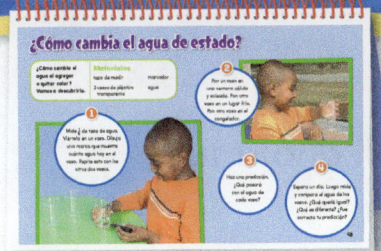

Rotafolio de investigación, pág. 48

Lección 4
INVESTIGACIÓN

Nombre _____

Pregunta esencial

¿Cómo cambia el agua de estado?

Establece un propósito

Di lo que quieres descubrir en esta investigación.

_____

Haz predicciones

¿Qué crees que le sucederá al agua?

_____
_____
_____

Piensa en el procedimiento

¿Por qué mides el agua al comienzo de la actividad?
¿Por qué la vuelves a medir al final?

_____
_____

373

Anota tus datos

Anota la cantidad de agua al comienzo. Al final, anota tus observaciones y mediciones.

	Lugar caliente	Lugar frío	Congelador
Comienzo			
Final			

Saca tus conclusiones

¿Fueron correctas tus predicciones? ¿Por qué agregar y quitar calor afecta al agua?

_____

_____

_____

Haz más preguntas

¿Qué otras preguntas harías sobre cómo cambia el agua?

_____

_____

Personajes en las ciencias

4 cosas que debes saber sobre la Dra. Mei-Yin Chou

1 La Dra. Chou nació en Taiwán y estudió física. La física es la ciencia que estudia la materia y la energía.

2 Es profesora de la universidad Georgia Tech.

3 En Georgia Tech, la Dra. Chou estudia cómo los gases afectan los sólidos.

4 Apoya a niñas y mujeres para que se involucren en el estudio y la enseñanza de ciencias.

Personajes en las ciencias continuación

El conocedor de palabras

▶ Escribe la palabra que se corresponda con la descripción.

| Taiwán | física | gases | mujeres | Georgia Tech |

Horizontales

1. La Dra. Chou les enseña ciencias para apoyarlas.
2. Esta ciencia estudia la materia y la energía.
3. La Dra. Chou da clases en esta Universidad.

Verticales

4. La Dra. Chou estudia cómo estos afectan a los sólidos.
5. La Dra. Chou nació en este país.

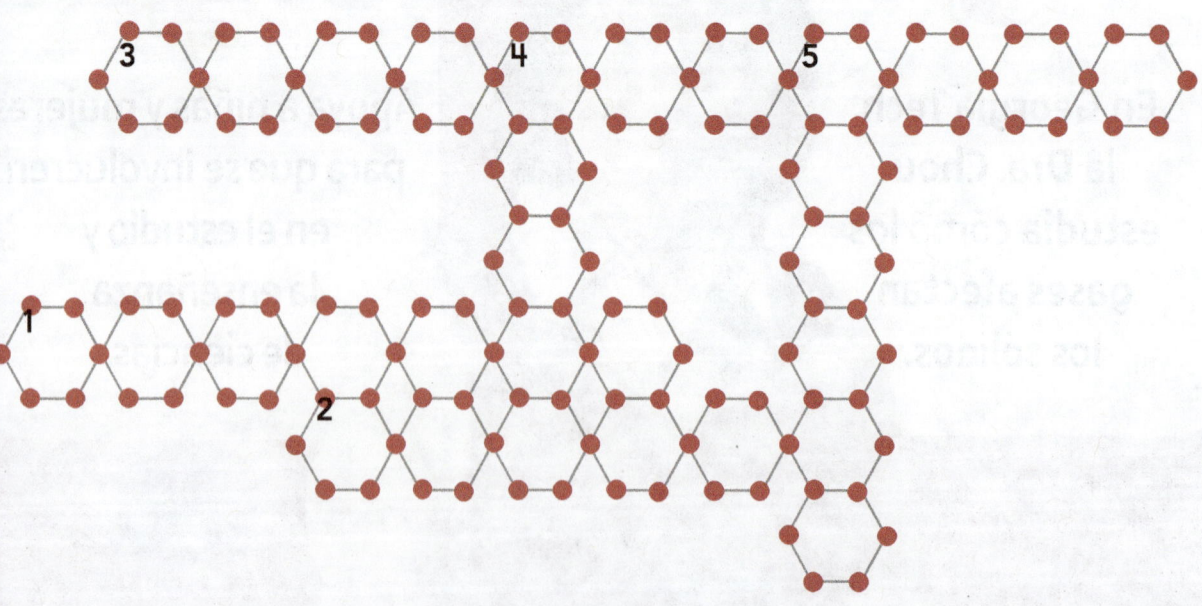

Repaso de la Unidad 9

Nombre _____

Repaso de vocabulario

Completa las oraciones con los términos que están en la casilla.

> condensación
> materia
> vapor de agua

1. El proceso por medio del cual el vapor de agua, un gas, se convierte en agua líquida se llama _____.

2. El agua en forma de gas se llama _____.

3. Todo lo que ocupa espacio y tiene masa es _____.

Conceptos de ciencias

Rellena la burbuja con la letra de la mejor respuesta.

4. Taylor ve un globo lleno de aire. Sabe que el aire que está dentro del globo es un gas. ¿Cómo lo sabe?
   Ⓐ El aire está caliente.
   Ⓑ El aire llena todo el espacio del globo.
   Ⓒ El aire tiene forma propia.

5. ¿Qué le pasa al agua cuando se congela?
   Ⓐ Se convierte en gas.
   Ⓑ Se convierte en líquido.
   Ⓒ Se convierte en sólido.

6. ¿Cuál es el mayor volumen que esta taza de medir puede contener?

Ⓐ $\frac{1}{2}$ taza
Ⓑ 1 taza
Ⓒ 4 tazas

7. ¿Qué objeto es un sólido?
Ⓐ una nube
Ⓑ una moneda de 1¢
Ⓒ un charco

8. ¿Cómo cambia el agua?

Ⓐ Se derrite.
Ⓑ Se evapora.
Ⓒ Se condensa.

9. ¿Qué palabra dice la cantidad de espacio que ocupa la materia?
Ⓐ masa
Ⓑ sólido
Ⓒ volumen

10. Observa las propiedades de este objeto.

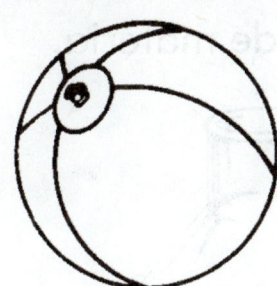

¿Cuál de estos objetos tiene aproximadamente la misma forma y textura?

Ⓐ
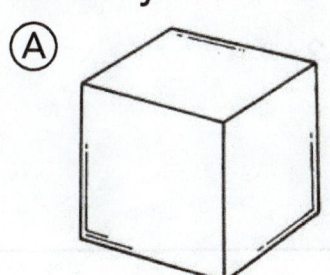

Ⓑ
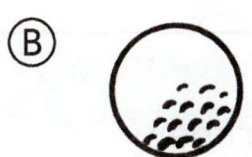

Ⓒ
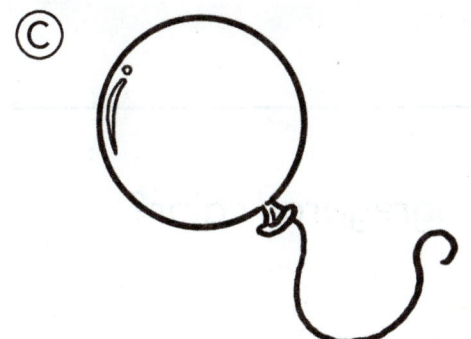

11. ¿Cómo cambia la materia cuando se derrite?

Ⓐ Cambia de líquido a gas.

Ⓑ Cambia de sólido a líquido.

Ⓒ Cambia de líquido a sólido.

12. ¿Qué enunciado sobre todos los líquidos es verdadero?

Ⓐ Todos los líquidos toman la forma del recipiente que los contiene.

Ⓑ Todos los líquidos tienen forma propia.

Ⓒ Todos los líquidos son fríos.

Repaso de la unidad **Unidad 9**

Investigación y La gran idea

Escribe las respuestas de estas preguntas.

13. Estos tres recipientes contienen el mismo tipo de materia.

a. ¿En qué estado está este tipo de materia? ¿Cómo lo sabes?

_____

_____

b. ¿Cómo mides el volumen de la materia del primer recipiente?

_____

_____

c. ¿Qué le sucedería al material si le agregaras calor?

_____

_____

d. ¿Qué le sucedería al material si le quitaras calor?

_____

UNIDAD 10
La energía y los imanes

calentamiento de vidrio

La gran idea

El calor, la luz y el sonido son formas de energía. Los imanes atraen ciertos objetos y repelen otros.

Me pregunto por qué
Este hombre le da forma al vidrio con calor. ¿Por qué?
Da vuelta a la página para descubrirlo.

UNIDAD 10

Por esta razón Agregar calor al vidrio hace que el vidrio sea flexible. Luego el hombre puede darle al vidrio la forma que quiera.

En esta unidad vas a aprender más sobre La gran idea, y a desarrollar las preguntas esenciales y las actividades del Rotafolio de investigación.

Niveles de investigación ■ Dirigida ■ Guiada ■ Independiente

Comprueba tu progreso

La gran idea El calor, la luz y el sonido son formas de energía. Los imanes atraen ciertos objetos y repelen otros.

Preguntas esenciales

Lección 1 ¿Qué es la energía? 383
Rotafolio de investigación pág. 49 Un cambio de luz/Caliéntalo

Personajes en las ciencias: Dr. Lawnie Taylor 395

Lección 2 ¿Qué son los imanes? 397
Rotafolio de investigación pág. 50 Acción a la distancia/
Atracción magnética

S.T.E.M. Ingeniería y tecnología: Imanes que nos rodean .. 407
Rotafolio de investigación pág. 51 Diséñalo: Vamos a usar imanes

Investigación de la Lección 3 ¿Qué tan fuerte es un imán? 409
Rotafolio de investigación pág. 52 ¿Qué tan fuerte es un imán?

Repaso de la Unidad 10 411

¡Ya entiendo La gran idea!

Cuaderno de ciencias

No olvides escribir lo que piensas sobre la Pregunta esencial antes de estudiar cada lección.

382

Lección 1

Pregunta esencial

¿Qué es la energía?

Ponte a pensar

Halla la respuesta a la pregunta en la lección.

¿Qué tipo de energía ves en esta foto?

energía _____

Lectura con propósito

Vocabulario de la lección

1. Ojea la lección.
2. Escribe aquí los 7 términos de vocabulario.

_____   _____

_____   _____

_____   _____

_____

383

Llenos de energía

Observa los fuegos artificiales sobre el cielo de la ciudad. Los fuegos artificiales emiten calor, luz y producen sonido. El calor, la luz y el sonido son tipos de energía. La **energía** es algo que causa que la materia se mueva o cambie.

Lectura con propósito
Cada detalle es un hecho acerca de la idea principal. Subraya un detalle. Dibuja una flecha hasta la idea principal a la que se refiere.

El **sonido** es un tipo de energía que se puede escuchar.

La luz es un tipo de energía que te permite ver. Puedes ver los objetos cuando la luz se refleja en ellos. También puedes ver los objetos que emiten luz.

El calor es un tipo de energía que calienta las cosas.

▶ Encierra en un círculo el nombre de la energía que calienta las cosas. Subraya el nombre de la energía que te permite ver. Marca con una X el nombre de la energía que puedes escuchar.

Entrar en calor

Se puede sentir el calor de muchos objetos. El calor del Sol calienta la Tierra. Los objetos que se mueven y se frotan, emiten calor. Si frotamos una mano con la otra, se calientan. Al quemar combustible se emite calor. Hay combustibles para cocinar los alimentos y calentar las casas.

Agregar calor calienta los objetos. Quitar calor enfría los objetos.

Lectura con propósito

Un efecto nos dice qué sucede. Subraya dos veces un efecto.

El leño que se quema emite calor. El calor mantiene a la familia caliente.

La familia siente frío cuando el fuego se apaga.

▶ ¿Qué sucede cuando agregas calor?

_____

¿Qué sucede cuando quitas calor?

_____

387

Ver la luz

El Sol, las luces eléctricas y el fuego emiten luz. La luz es el tipo de energía que te permite ver. La cantidad de luz puede cambiar la manera en que ves los objetos.

La cantidad de luz puede cambiar cómo ves el color de un objeto. Agregar más luz hace que un objeto se vea más iluminado. Quitar luz hace que un objeto se vea oscurecido.

¿Cuánta luz?

Cada material deja que pasen distintas cantidades de luz.

El vidrio de una ventana deja pasar toda la luz.

La pantalla de una lámpara deja que pase algo de luz.

Una puerta no deja pasar la luz.

▶ **Menciona otra cosa que no deje pasar la luz.**

_____

El color del agua y de las rocas se ve opaco con poca luz.

El color del agua y de las rocas se ve radiante con bastante luz.

El sonido

Haz sonar una bocina. Golpea unos platillos. Aplaude. ¿Qué sucede? Escuchas sonidos. El sonido es un tipo de energía que se puede escuchar.

El sonido se produce cuando un objeto vibra. **Vibrar** es moverse rápidamente hacia adelante y hacia atrás.

Lectura con propósito
Una causa dice por qué sucede algo. Subraya una causa.

El **tono** es qué tan alto o bajo es un sonido. Los instrumentos tienen tonos distintos. Un silbato produce un sonido con un tono alto. Un tambor grande produce un sonido con un tono bajo.

La ovación de una multitud es fuerte. Los susurros son suaves. La **intensidad** es qué tan fuerte o suave es un sonido. Se necesita más energía para producir un sonido fuerte que para un sonido suave.

▶ ¿Qué le sucede a la intensidad de un sonido cuando se usa más energía para producir el sonido?

_____

391

Resúmelo

1 Escríbelo

Menciona tres tipos de energía.

_____

_____

_____

2 Enciérralo en un círculo

Encierra en un círculo la respuesta.

¿Qué sucede cuando le agregas calor a un objeto?

Es enfría.

Se calienta.

3 Emparéjalo

Empareja cada foto con el tipo de energía que muestra. Una foto puede mostrar dos tipos de energía.

sonido   calor   luz

Ejercita tu mente

Lección 1

Nombre _____

Juego de palabras

Escribe una palabra de casilla para cada pista.

| energía | intensidad | calor | vibrar |

1. causa que la materia se mueva o cambie

   _ _ (1) _ _ _ _

2. energía que calienta las cosas

   _ _ (2) (4) _

3. qué tan fuerte o suave es un sonido

   (5) _ _ _ _ (3) _ (7) _ _

4. moverse rápidamente hacia adelante y hacia atrás

   _ (6) _ _ _ _

Resuelve la adivinanza. Escribe en orden sobre las líneas las letras que quedaron en círculos.

Soy la energía que puedes escuchar. ¿Quién soy?

_ _ _ _ _ _ _ _
1 2 3 4 5 6 7 4

393

Aplica los conceptos

Completa la tabla. Escribe el efecto de cada causa.

Causa	Efecto
agregar luz	
agregar calor	
agregar más energía para producir un sonido	

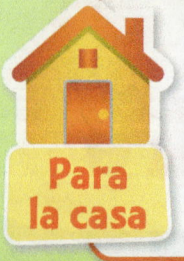

En familia: Pida a su niño que identifique al menos un ejemplo de las energías calórica, lumínica y sonora en su casa. Pídale que describa cómo cambian los objetos cuando se aumentan o se disminuyen las energías calóricas, lumínicas y sonoras.

Para la casa

Personajes en las ciencias

4 cosas que debes saber sobre
El Dr. Lawnie Taylor

1 El Dr. Taylor estudió física. La física es la ciencia que estudia la materia y la energía.

2 Trabajó por muchos años para el Departamento de Energía.

3 Estudió las maneras de calentar las casas y producir electricidad con energía solar.

4 El Dr. Taylor también estudió maneras de hacer funcionar las máquinas con energía solar.

Personajes en las ciencias continuación

¡Qué brille el Sol!

El Dr. Taylor estudió la energía solar. ¡Ahora te toca a ti!

▶ Escribe el número de cada descripción al lado de la ilustración correcta.

1. Los paneles solares de una casa obtienen energía del Sol para producir electricidad o para calentar el agua.

2. Una granja solar transforma la energía del Sol en electricidad para que la usen muchas personas.

3. El carro solar funciona con energía del Sol.

▶ ¿Cómo has observado que se utiliza la energía solar?

_____
_____
_____

Lección 2

Pregunta esencial

¿Qué son los imanes?

Ponte a pensar

Halla la respuesta a la pregunta en la lección.
¿Qué objetos forman esta cara feliz?

_____

Lectura con propósito

Vocabulario de la lección

1. Ojea la lección.
2. Escribe aquí los 4 términos de vocabulario.

_____   _____

_____   _____

397

ATRACCIÓN MAGNÉTICA

El **imán** es un objeto que atrae cosas hechas de hierro o acero, y que puede atraer o rechazar otros imanes.

Cada imán tiene dos polos. El **polo** es la parte del imán donde la atracción es mayor. Uno de los polos es el polo con orientación al norte, o polo **N**. El otro, es el polo con orientación al sur, o polo **S**.

> **Lectura con propósito**
> Halla la oración que dice el significado de **polo**. Luego subraya la oración.

imán de barra

imán de herradura

anillos magnéticos

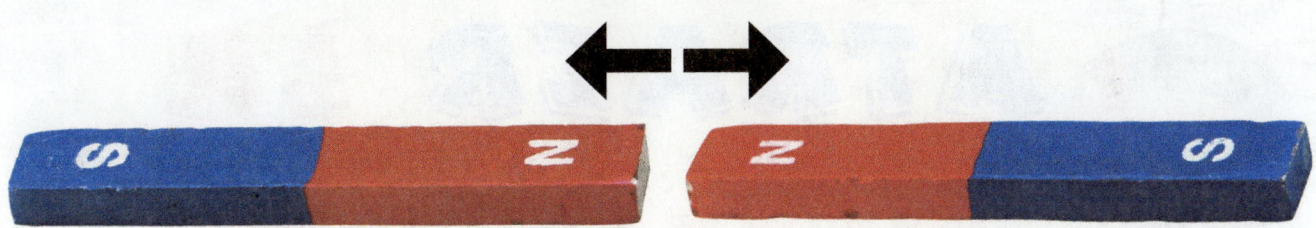

Los polos semejantes, o polos iguales, se repelen. **Repeler** significa alejar o rechazar una cosa.

▶ **Dibuja dos imanes de barra para mostrar cómo se repelen.**

Los polos opuestos o diferentes se atraen. **Atraer** es la acción de halar hacia sí.

399

ATRAER LA ATENCIÓN

El imán atrae un clip de acero. Pero el imán no atrae una liga. Los imanes atraen unas cosas pero otras no. Mira estas casillas. ¿Qué cosas atrae el imán? ¿Qué cosas no atrae el imán?

Atraídas por un imán

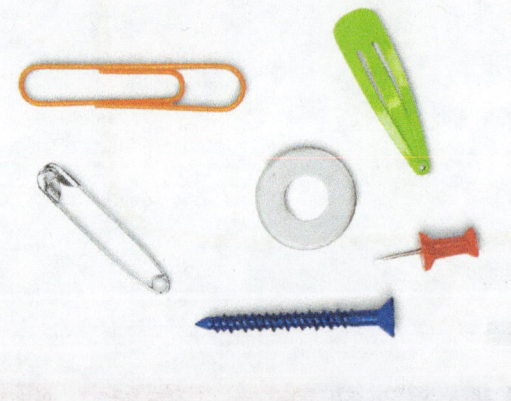

No atraídas por un imán

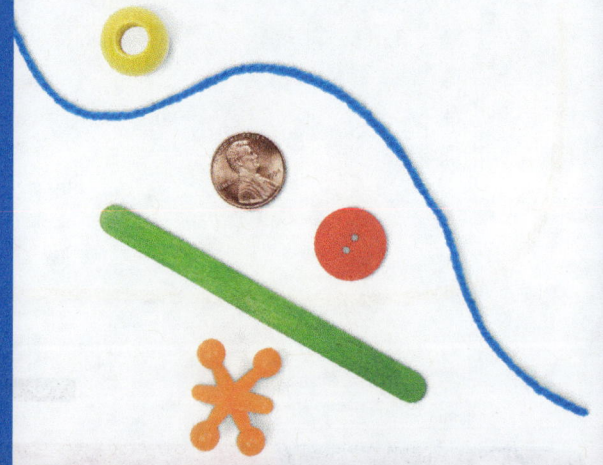

▶ **Dibuja otra cosa que el imán atraiga.**

▶ **Dibuja otra cosa que el imán no atraiga.**

Mira la manera en que el imán hala los clips a través de la mano. El imán no tiene que tocar los objetos para moverlos. Esto es posible gracias a su campo magnético, es decir, el área que está alrededor del imán, donde se siente la fuerza magnética.

Práctica matemática
Medir distancia

¿A qué distancia de un clip se debe encontrar el imán para que no haya atracción? Mide con una regla.

Distancia	¿El imán atrajo el clip?
½ pulgada	
1 pulgada	
1½ pulgadas	
2 pulgadas	

¿A qué distancia del imán puedes verificar el campo magnético? ¿Cómo lo sabes?

_____

_____

401

Por qué es importante

IMANES POR TODAS PARTES

Los imanes no solo sirven para pegar papeles en el refrigerador, sirven para muchísimas otras cosas. ¡Nos ayudan de maneras asombrosas! Mira las cosas para las que sirven los imanes en las ilustraciones.

Lectura con propósito

Un detalle es un hecho acerca de una idea principal. Vuelve a leer las leyendas. Subraya los tres detalles que te dicen cómo se usan los imanes.

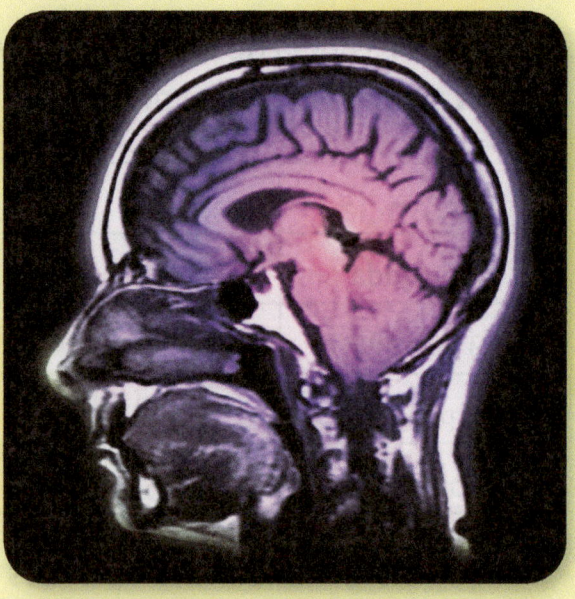

Los imanes en las máquinas IRM permiten tomar imágenes del interior de nuestros cuerpos.

Hay imanes gigantes que sirven para clasificar los elementos hechos de hierro y de acero antes de reciclarlos.

▶ Dibuja una manera en la que usas los imanes.

Los trenes de levitación magnética funcionan con imanes sobre los que flotan y se desplazan. ¡Un tren llegó a viajar a 361 millas por hora!

Resúmelo

1 Enciérralo en un círculo

Encierra en un círculo los objetos que atrae el imán.

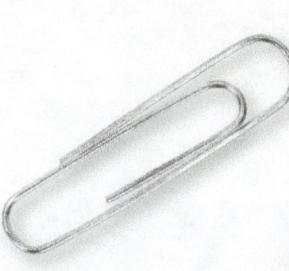

2 Respóndelo

Encierra en un círculo verdadero o falso para describir el enunciado.

El imán debe tocar un objeto para atraerlo.

verdadero   falso

3 Dibújalo

Dibuja la manera de usar un imán.

Ejercita tu mente

Lección 2

Nombre_____

Juego de palabras

Escribe una palabra de la casilla en cada línea para completar la carta informal.

| imanes | polos | atraer | repelen |

Querido tío Herbie:

　　Gracias por la caja de ciencias. Lo que más me gustó fueron los _____ . Hacen que los objetos se muevan sin tocarlos. Usé el imán grande para _____ un clavo de hierro.

　　Cada imán tiene dos lugares donde el tirón es más fuerte. Estos lugares se llaman _____. Cuando dos polos iguales se acercan, se _____. Se separan con gran fuerza.

Tu sobrina,

Olivia

405

Aplica los conceptos

Completa el organizador gráfico. Escribe un detalle importante acerca de los imanes en cada casilla.

Imanes

Un imán es un objeto que atrae cosas hechas de hierro o acero, y que atrae o rechaza otros imanes.

En familia: Pida a su niño que le cuente acerca de los imanes. Pida que señale de qué manera funcionan los imanes y cómo se usan en la vida cotidiana.

Imanes que nos rodean

Los imanes de todos los días

Los imanes se usan en muchos objetos cotidianos.

El imán de esta caña de pescar de juguete atrae a los peces de metal a la superficie del imán.

Un imán mantiene estos utensilios de cocina ordenados.

Los imanes permiten que la puerta del refrigerador se mantenga cerrada. También adhiere las letras magnéticas a la puerta.

Imanes en el salón de clases

Dibuja dos maneras en las que se usan imanes en tu salón de clases.

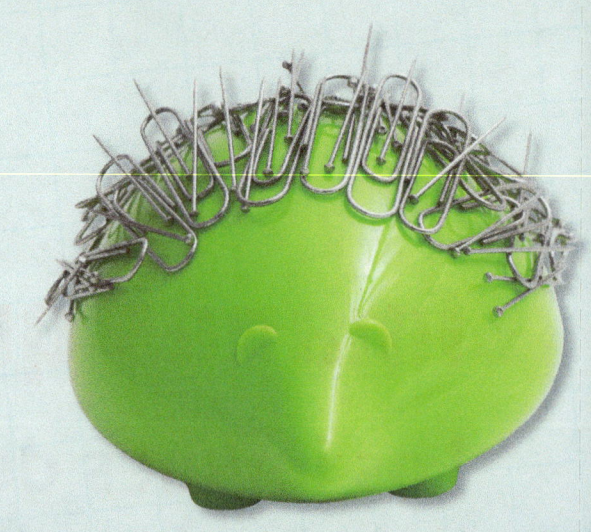

Si no hubiera imanes en tu salón de clases, ¿cómo harías las cosas que dibujaste arriba?

_____

_____

Parte de la base

Halla tu manera de usar imanes. Completa **Diséñalo: Vamos a usar imanes** en el Rotafolio de investigación.

Rotafolio de investigación, pág. 52

Lección 3
INVESTIGACIÓN

Nombre _____

Pregunta esencial

¿Qué tan fuerte es un imán?

Establece un propósito
Escribe lo que quieres descubrir.

_____
_____

Formula tu hipótesis
Escribe tu hipótesis o enunciado que puedes poner a prueba.

_____
_____

Piensa en el procedimiento
¿Por qué es importante probar la fuerza del imán usando diferentes objetos del salón de clases?

_____
_____

409

Anota tus datos

Anota lo que observes en esta tabla. Escribe el nombre de los tres objetos que probaste. Encierra en un círculo las palabras **atrae** o **no atrae** de acuerdo con tus resultados.

Objeto	Atrae/No atrae
pedazo de papel	atrae no atrae
objeto 2	atrae no atrae
objeto 3	atrae no atrae
objeto 4	atrae no atrae

Saca tus conclusiones

1. ¿Cómo se ve afectada la fuerza del imán si colocas algo entre el imán y el clip?

_____

_____

2. ¿Por qué crees que sucede esto?

_____

Haz más preguntas

¿Qué otras cosas te preguntas acerca de los imanes?

_____

_____

Repaso de la Unidad 10

Nombre _____

Repaso de vocabulario

Completa las oraciones con los términos de la casilla.

> energía
> tono
> polo

1. La parte del imán donde la atracción es mayor es el _____.

2. Algo que hace que la materia se mueva o cambie se llama _____.

3. Qué tan alto o bajo es un sonido es el _____.

Conceptos de ciencias

Rellena la burbuja con la letra de la mejor respuesta.

4. ¿Qué tipo de energía resulta cuando un objeto vibra?
   Ⓐ el calor
   Ⓑ la luz
   Ⓒ el sonido

5. ¿Qué tipos de objetos puede atraer un imán?
   Ⓐ todos los objetos
   Ⓑ solo a otros imanes
   Ⓒ los objetos hechos de hierro o acero

6. ¿Qué muestra esta ilustración sobre los imanes?

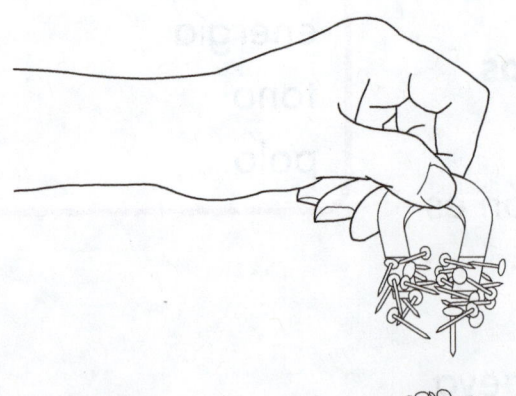

Ⓐ Los imanes deben tocar los objetos para repelerlos.
Ⓑ Los imanes deben tocar los objetos para atraerlos.
Ⓒ Los imanes atraen los objetos sin tocarlos.

7. ¿Qué opción son tipos de energía?
Ⓐ calor, luz y sonido
Ⓑ calor, imanes y luz
Ⓒ luz, sonido e imanes

8. ¿Qué tipos de energía emite el Sol?
Ⓐ calor y luz
Ⓑ calor y sonido
Ⓒ calor, luz y sonido

9. ¿Qué sucede cuando se aumenta la energía sonora?
Ⓐ Un sonido vibra.
Ⓑ Un sonido se hace más fuerte.
Ⓒ El tono de un sonido sube.

10. ¿A cuál de estos objetos atrae un imán?

Ⓐ

Ⓑ

Ⓒ

11. ¿Qué sucede cuando se le quita calor a un objeto?
    Ⓐ No hay ningún cambio.
    Ⓑ El objeto se enfría.
    Ⓒ El objeto se calienta.

12. ¿Qué palabra dice qué sucede cuando dos imanes se rechazan?
    Ⓐ atraer
    Ⓑ tono
    Ⓒ repeler

Repaso de la unidad   Unidad 10

Investigación y La gran idea

Escribe las respuestas de estas preguntas.

13. ¿Cuáles son tres tipos de energía? Menciona cada tipo de energía y di qué le sucede a un objeto cuando aumentas ese tipo de energía.

   a. _____

   b. _____

   c. _____

14. Observa el objeto.

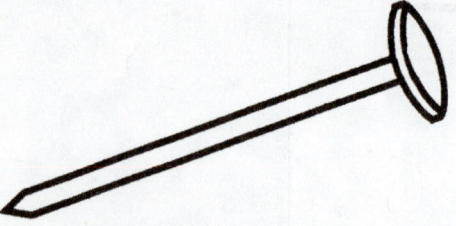

   a. ¿Cómo podrías mover el objeto sin tocarlo?

   _____

   b. ¿Por qué es posible mover el objeto de esa manera?

   _____

   _____

   _____

Glosario interactivo

Este Glosario interactivo te servirá para aprender a escribir los términos del vocabulario. Cada término está acompañado de su definición y una ilustración con la que podrás comprender mejor lo que significa el término.

Cuando veas la flecha , escribe la definición en tus propias palabras o haz tu propia ilustración para recordar lo que significa el término.

A

adaptación
Algo que ayuda a un ser vivo a sobrevivir en su medioambiente. (pág. 194)

atraer
Halar hacia sí mismo. (pág. 399)

anfibios
Grupo de animales que tienen piel suave y húmeda. Los anfibios jóvenes viven en el agua y la mayoría de los adultos viven en la tierra. (pág. 97)

aves
Grupo de animales que tienen el cuerpo cubierto de plumas y también tienen alas. La mayoría de las aves vuelan. (pág. 95)

Glosario interactivo

B

branquias
Parte del cuerpo con la que ciertos animales toman el oxígeno del agua. (pág. 83)

calor
Tipo de energía que calienta las cosas. (pág. 385)

C

cadena alimentaria
Recorrido que muestra cómo se mueve la energía de las plantas a los animales. (pág. 188)

 Ahora tú

ciclo de vida
Cambios que le ocurren a un animal o una planta durante su vida. (pág. 107)

1

2

3

Glosario interactivo

ciclo hidrológico
Movimiento del agua de la Tierra al aire y nuevamente a la Tierra. (pág. 280)

comunicar
Escribir, dibujar o hablar para mostrar lo aprendido. (pág. 29)

condensar
Hacer que el agua pase de gas a gotitas. (pág. 281)

condensación
Proceso por medio del cual el vapor de agua, un gas, se convierte en agua líquida. (pág. 369)

constelación
Grupo de estrellas que parecen formar un diseño. (pág. 323)

Ahora tú

R3

Glosario interactivo

crisálida
Parte del ciclo de vida en el que la oruga se convierte en mariposa. (pág. 113)

dinosaurio
Animal que vivía en la Tierra hace millones de años. Los dinosaurios se extinguieron. (pág. 120)

Ahora tú

D

destrezas de investigación
Destrezas que usamos para hallar información. (pág. 4)

E

energía
Algo que causa que la materia se mueva o cambie. (pág. 384)

Glosario interactivo

erosión
Tipo de cambio que sucede cuando el viento y el agua mueven las rocas y el suelo. (pág. 230)

Ahora tú

estación
Época del año en la que hay un tipo de tiempo determinado. Las cuatro estaciones son primavera, verano, otoño e invierno (pág. 290)

estrella
Esfera enorme de gases calientes que emite luz y calor. El Sol es la estrella más cercana a la Tierra. (pág. 322)

evaporación
Proceso por medio del cual el agua líquida se convierte en vapor de agua, un gas. (pág. 368)

evaporar
Cambiar de líquido a gas. (pág. 280)

R5

Glosario interactivo

extinto
Que ya no existe o vive. (pág. 120)

fósil
Restos que quedan de animales o plantas que vivieron hace mucho tiempo. Un fósil puede ser una impresión en una roca o huesos que se convirtieron en roca. (pág. 121)

F

flor
Parte de la planta que sirve para crear plantas nuevas. Una parte de la flor produce las semillas que se convierten en plantas nuevas. (pág. 152)

G

gas
Estado en el que la materia llena todo el espacio del recipiente que la contiene. (pág. 355)

Glosario interactivo

germinar
Comenzar a crecer. (pág. 162)

hipótesis
Enunciado que se puede poner a prueba. (pág. 27)

H

hibernar
Permanecer en un estado de sueño profundo durante el invierno. (pág. 293)

huracán
Gran tormenta con lluvias copiosas y vientos fuertes. (pág. 303)

Ahora tú

Glosario interactivo

imán
Objeto que atrae cosas de hierro o acero y que puede atraer o rechazar otros imanes. (pág. 398)

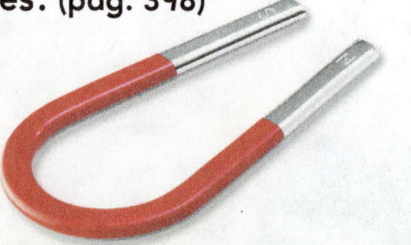

insecto
Tipo de animal cuyo cuerpo consiste de tres partes y seis patas. (pág. 99)

ingeniero
Persona que aplica las matemáticas y las ciencias en el diseño de tecnología que sirva para resolver problemas. (pág. 44)

instrumentos científicos
Instrumentos que se usan para hallar información. (pág. 14)

Ahora tú

Glosario interactivo

intensidad
Qué tan fuerte o suave es un sonido. (pág. 391)

larva
Otro nombre para la oruga. (pág. 113)

Ahora tú

inundación
Tipo de cambio que sucede cuando los arroyos, los ríos o los lagos se llenan demasiado. (pág. 229)

investigar
Planear y hacer una prueba para responder preguntas o para resolver problemas. (pág. 26)

líquido
Estado en que la materia toma la forma del recipiente que la contiene. (pág. 354)

Glosario interactivo

luz
Tipo de energía que nos permite ver. (pág. 385)

masa
Cantidad de materia que contiene un objeto. (pág. 350)

materia
Todo lo que ocupa espacio y tiene masa. (pág. 350)

Ahora tú

M

mamíferos
Grupo de animales que tienen el cuerpo cubierto de pelo o pelaje. (pág. 94)

Glosario interactivo

medioambiente
Todos los seres vivos y los seres no vivos que habitan un lugar. (págs. 64, 182)

Ahora tú

meteorización
Tipo de cambio que sucede cuando el viento y el agua rompen la roca en pedacitos. (pág. 230)

migrar
Irse a vivir a otro lugar por un tiempo y luego volver. (pág. 293)

metamorfosis
Serie de cambios de aspecto que experimentan algunos animales. (pág. 109)

Glosario interactivo

N

necesidades básicas
Ciertas cosas, como el alimento, el agua, el aire y el refugio, que cada ser vivo necesita para vivir y crecer. (pág. 138)

O

órbita
Recorrido que hace un planeta mientras se mueve alrededor del Sol. La órbita de la Tierra alrededor del Sol dura un año. (pág. 320)

nutrientes
Sustancias que ayudan a que las plantas crezcan. (pág. 141)

Ahora tú

P

patrón del tiempo
Cambio en el estado del tiempo que se repite una y otra vez. (pág. 278)

Glosario interactivo

peces
Grupo de animales que viven en el agua y obtienen oxígeno a través de las branquias. Los peces tienen el cuerpo cubierto de escamas y nadan y se dirigen con aletas. (pág. 98)

planeta
Gran esfera de roca o gas que se mueve alrededor del Sol. Nuestro planeta es la Tierra. (pág. 318)

Ahora tú

piña de árbol
Parte del pino y de otras plantas donde se forman las semillas. (pág. 166)

Glosario interactivo

plántula
Planta joven. (pág. 163)

polen
Polvo que las flores necesitan para producir semillas. Ciertos animales pequeños llevan el polen de una flor a otra. (págs. 154, 187)

polo
Parte del imán donde la atracción es mayor. (pág. 398)

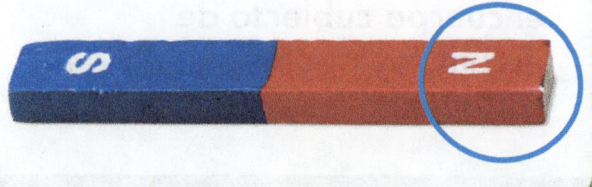

precipitación
Agua que cae del cielo. La lluvia, la nieve, el aguanieve y el granizo son formas de precipitación. (pág. 270)

Ahora tú

Glosario interactivo

proceso de diseño
Conjunto de pasos que siguen los ingenieros para resolver problemas. (pág. 45)

Ahora tú

producto
Algo hecho por el hombre o las máquinas para que se use. (pág. 246)

propiedad
Característica que describe cómo es algo. El color, el tamaño y la forma son propiedades. (p. 350)

pulmones
Órganos con los que los seres humanos y ciertos animales respiran. Con los pulmones se toma oxígeno del aire. (pág. 82)

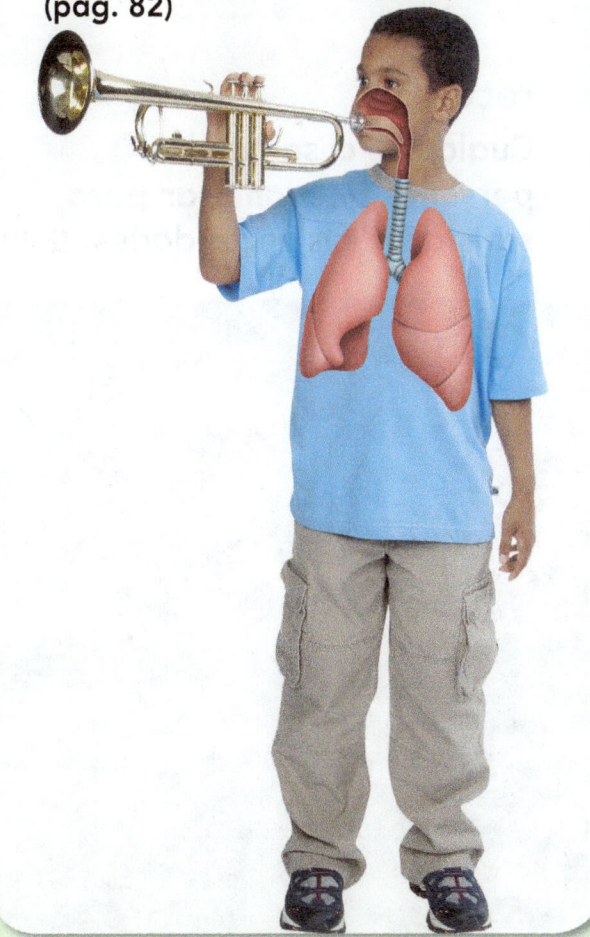

R15

Glosario interactivo

R

rayo
Destello de electricidad en el cielo. (pág. 302)

recurso natural
Todo lo que está en la naturaleza y que las personas pueden utilizar. (pág. 242)

recurso
Cualquier cosa que las personas puedan usar para satisfacer sus necesidades. (214)

Glosario interactivo

refugio
Lugar seguro donde vivir.
(pág. 85)

repeler
Alejar o rechazar una cosa.
(pág. 399)

Ahora tú

renacuajo
Rana joven que nace de un huevo y que tiene branquias para tomar oxígeno del agua. (pág. 108)

reproducir(se)
Tener cría, es decir, más seres vivos del mismo tipo.
(pág. 106)

R17

Glosario interactivo

reptiles
Grupo de animales de piel seca cubierta de escamas. (pág. 96)

rotar
Girar. El día y la noche ocurren cuando la Tierra rota. (pág. 330)

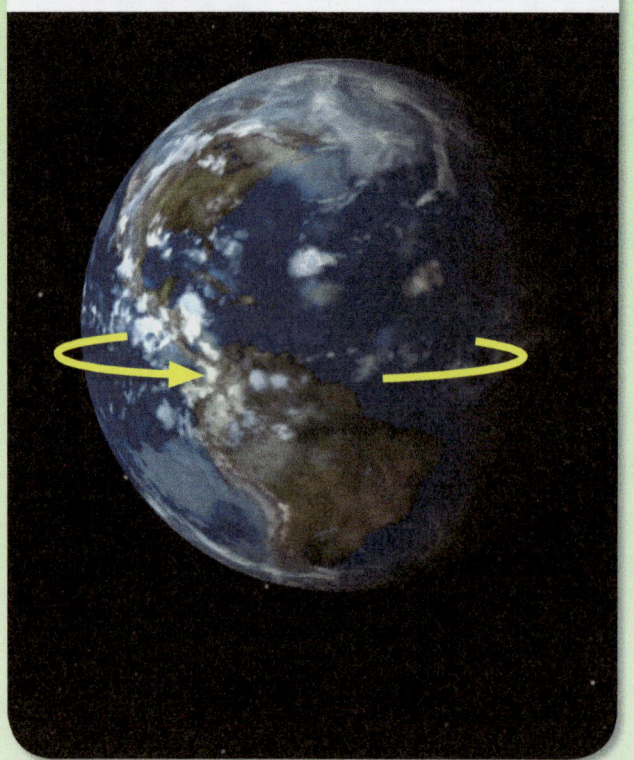

S

sacar conclusiones
Usar la información reunida durante una investigación para ver si los resultados confirman la hipótesis. (pág. 29)

semilla
Parte de la planta de donde crecen plantas nuevas. (págs. 155, 160)

Glosario interactivo

sequía
Largo período de tiempo en el que llueve muy poco. Durante una sequía, hay posibilidades de que la tierra se reseque y las plantas se mueran. (pág. 231)

sobrevivir
Permanecer vivo. (pág. 80)

sistema solar
El Sol y los planetas que, con sus lunas, se mueven alrededor del Sol. (pág. 318)

sólido
El único estado de la materia que tiene su forma propia. (pág. 353)

Ahora tú

Glosario interactivo

sonido
Tipo de energía que se puede escuchar. (pág. 384)

T

tecnología
Lo que construyen los ingenieros para satisfacer necesidades y resolver problemas. (pág. 58)

temperatura
Medida que muestra qué tan caliente o frío está algo. La temperatura se puede medir con un termómetro. (pág. 270)

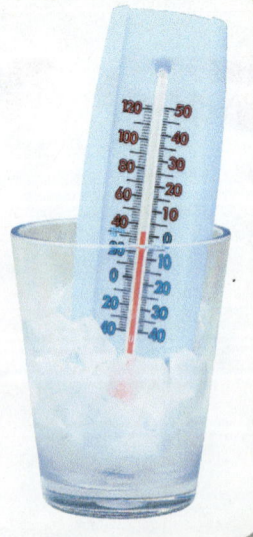

termómetro
Instrumento que se usa para medir la temperatura. (pág. 15)

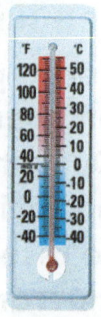

terremoto
Temblor en la superficie de la Tierra. (pág. 228)

Glosario interactivo

tono
Qué tan alto o bajo es un sonido. (pág. 390)

tormenta eléctrica
Tormenta con mucha lluvia, truenos y rayos. (pág. 302)

tornado
Nube que gira con forma de embudo y tiene vientos fuertes. (pág. 303)

tiempo
Cómo está el aire en el exterior. (pág. 266)

R21

Glosario interactivo

vibrar
Moverse rápidamente hacia adelante y hacia atrás.
(pág. 390)

vapor de agua
Agua en forma de gas.
(pág. 356)

viento
Aire que se mueve a nuestro alrededor y ocupa espacio.
(pág. 270)

Glosario interactivo

volcán
Lugar de donde sale la roca caliente y derretida desde el interior de la Tierra hacia la superficie. (p. 228)

volumen
Cantidad de espacio que ocupa la materia. (pág. 354)

Índice

A

adaptaciones
 de animales, 196–187, 200–201
 de plantas, 194–195, 198–199
agua
 condensación, 281, 369
 derretir y congelar, 366–367
 estados de, 356–357
 evaporación, 280, 368
 plantas y, 139
 riego, 145–146
 sobrevivir y, 80–81
aire, 82, 140
algodón, 253–254
Ali, Salim, 117–118
alimento, 84
anfibios, 97
 rana, 108–109
 tritón, 97
 renacuajo, 97
animales. *Ver también* **anfibios; aves; peces; insectos; mamíferos; reptiles**
 adaptaciones, 196–197, 200–201
 águila, 189
 antílope, 94
 camello, 196–197
 castor, 212–213
 ciclos de vida de, 107–113
 como recursos naturales, 244
 erizo de mar, 201
 estaciones y, 293
 hibernación y migración, 293
 jirafa, 197
 león, 184
 manatí, 94
 mariposa monarca, 112–113
 medioambiente y, 182–183, 212–213
 murciélago, 187
 necesidades de, 80–85, 182–185
 oso polar, 110–111
 panda, 185
 partes del cuerpo de, 93
 perro, 186
 plantas y, 182–189
 rana, 108–109
 reproducción, 106
 serpiente, 96
 tortuga, 96, 189
 zorrillo, 200
árboles
 estaciones y, 292
 manzano, 164–165
 pino, 166–167
 prevención de la erosión por, 232–233
astrónomos, 327–328
atracción, magnética, 399
aves, 95
 águila, 189
 búho, 184
 carpintero, 186–187
 kiwi, 95
 pelícano, 95
 petirrojo, 118
 pingüino, 196
aviones de investigación de huracanes, 299

B

balanza, 16
botánicos, 173–174
branquias, 83

C

cadenas alimentarias, 188–189
calor, 385–387
campo magnético, 401
Cannon, Annie Jump, 327–328
cazadores de tormentas, 309–310
Celsius, Anders, 21
Chou, Mei-Yin, 375
ciclo hidrológico, 280–281
ciclos de vida, 107–113, 160–167
 manzano, 164–165

R24

mariposa monarca, 112–113
oso polar, 110–111
petirrojo, 118
pino, 166–167
rana, 108–109
semillas y, 160, 162–163

científico medioambiental, 219–220

cinta de medir, 17

Cómo anotar los datos, 24, 36, 56, 70, 104, 130, 148, 172, 206, 256, 276, 288, 342, 362, 374, 410

comparar, 7
comunicar, 29
condensación, 281–369
congelar, 366–367
constelaciones, 323
crisálida, 113
derretir, 366–367

Destrezas de investigación
anota tus datos, 24, 36, 56, 70, 104, 130, 148, 172, 206, 256, 276, 288, 342, 362, 374, 410
establece un propósito, 23, 35, 55, 69, 103, 129, 147, 171, 205, 255, 275, 287, 341, 361, 373, 409
formula tu hipótesis, 275, 361, 409
haz más preguntas, 24, 36, 56, 70, 104, 130, 148, 172, 206, 256, 276, 288, 342, 362, 374, 410
haz predicciones, 205, 373
piensa en el procedimiento, 23, 35, 55, 69, 103, 129, 147, 171, 205, 255, 275, 287, 341, 361, 373, 409
sacar conclusiones, 24, 36, 56, 70, 104, 130, 148, 172, 206, 256, 276, 288, 342, 362, 374, 410

Destrezas de lectura, 3, 4, 6, 8, 13, 15, 25, 26, 28, 43, 44, 46, 48, 57, 58, 62, 79, 80, 85, 91, 92, 94, 105, 109, 113, 119, 120, 124, 137, 138, 140, 149, 150, 154, 159, 160, 163, 164, 181, 182, 184, 186, 193, 196, 200, 209, 211, 214, 227, 228, 230, 241, 242, 244, 265, 266, 268, 270, 277, 278, 280, 289, 292, 294, 301, 302, 317, 320, 322, 329, 330, 332, 349, 350, 352, 355, 365, 366, 368, 383, 384, 386, 390, 397, 398, 402

dinosaurios, 120–121
diseñadores de montañas rusas, 71

energía solar, 386
energía, 384–391
calor, 385–387
luz, 385, 388–389
solar, 386
sonido, 384, 390–391
erosión, 230–233
escala Celsius, 21–22
Establece un propósito, 23, 35, 55, 69, 103, 129, 147, 171, 205, 255, 275, 287, 341, 361, 373, 409
estación de invierno, 290
estación de otoño, 290
estación de primavera, 291
estación de verano, 291
estaciones, 290–295
animales y, 293
árboles y, 292
personas y, 294–295
estrellas, 322–323, 327
evaporación, 280, 368
extinción, 120

Índice

F

física, 375, 395
flores, 152, 154–155
Formula tu hipótesis, 275, 361, 409
fósiles, 120–125
  amonita, 122–123
  concha de mar, 121
  impresión de helecho, 121
  mamut lanudo, 125
  Tyrannosaurus rex, 120–121

G

Galileo Galilei, 339
gases, 355
geólogo, 239–240
germinación, 162
granjas, 89–90

H

hacer un modelo, 8
Haz más preguntas, 24, 36, 56, 70, 104, 130, 148, 172, 206, 256, 276, 288, 342, 362, 374, 410
Haz una predicción, 205, 373
hibernación, 293
hipótesis, 27
hojas, 152, 195
huracanes, 303

I

imanes, 398–403
  atracción y, 400–401
  polos de, 398–399
  usos de, 402–403, 407–408
incendio, 210–211
inferir, 9
Ingeniería y tecnología. *Ver también* STEM (Science, Technology, Engineering, and Mathematics)
  algodón, 253–254
  granjas, 89–90
  imanes, 407–408
  represas, 207–208
  riego, 145–146
  tecnología en la cocina, 363–364
  tecnología meteorológica, 299–300
  telescopios, 339–340
ingenieros, 44–45
insectos, 99
  catarina, 99
  escarabajo, 187
  hormiga, 185
  insecto hoja, 201
  mariposa, 99, 112–113
  saltamontes, 99

instrumentos científicos, 14–17
instrumentos, de medición, 15–17
intensidad, 391
inundaciones, 229
investigación científica, 4–9. *Ver también* Destrezas de investigación
  hacer un modelo e inferir, 8–9
  medir y comparar, 6–7
investigaciones, 26
investigar. *Ver* investigación científica

L

larva, 113
Lectura con propósito. *Ver* Destrezas de lectura
líquidos, 354
lluvia, 270–271
lupa, 14
luz solar, 140
luz, 385, 388–389

M

mamíferos, 94
máquinas IRM, 402
masa, 350, 353

materia, 350–357
  estados de, 352–357, 366–369
  gases, 355
  líquidos, 354
  propiedades de, 350–351
  sólidos, 353
medioambiente
  adaptaciones y, 194–201
  incendio y, 210–211
  personas y, 214–215
  plantas y animales, 182–183, 212–213
  represas y, 207–208
  tecnología y, 64–65, 207–208
medir, 6
metamorfosis, 109
meteorización, 230
método científico, 26–31
  comunicar, 29
  hipótesis, 27
  investigaciones, 26
  probar, 28, 30–31
  sacar conclusiones, 29
migración, 293

necesidades básicas, 138–139
nubes cirro, 269
nubes cúmulo, 268
nubes cumulonimbo, 269

nubes estrato, 269
nubes, 268–269
nutrientes, 141

órbita, 320–321
oxígeno, 82–83

peces, 98
  betta, 98
  branquias, 83
  ídolo moro, 98
  tiburón, 98
Personajes en las ciencias
  Ali, Salim, 117–118
  Cannon, Annie Jump, 327–328
  Celsius, Anders, 21
  Chou, Mei-Yin, 375
  Taylor, Lawnie, 395
  Zavala, María Elena, 173
personas
  estaciones y, 294–295
  medioambiente y, 214–215
  necesidades de, 80–85, 182–185
Piensa en el procedimiento, 23, 35, 55, 69, 103, 129, 147, 171, 205, 255, 275, 287, 341, 361, 373, 409

piñas de árbol, 166–167
planetas, 318–321
plantas. *Ver también* **semillas**
  adaptaciones, 194–195, 198–199
  agua y, 139
  animales y, 182–189
  cactus, 194–195, 198
  ciclos de vida de, 160–167
  como recursos naturales, 245
  estaciones y, 292
  flores, 152, 154–155
  kudzu, 212–213
  lirio acuático, 194
  medioambiente y, 182–183, 212–213
  mimosa, 199
  narciso, 198–199
  necesidades de, 138–141, 182–183
  nutrientes y, 141
  partes de, 150–155
plántulas, 163
pluviómetro, 271
polen, 154, 187
polos, magnético, 398–399
Por qué es importante, 30–31, 64–65, 82–83, 214–215, 248–249, 304–305, 402–403

Índice

Práctica matemática
  comparar números, 367
  contar de 10 en 10, 213
  decir la hora, 331
  interpretar una tabla, 83, 161
  medir la distancia, 401
  medir la longitud, 31
  medir la temperatura, 271
  resolver un problema, 60, 249
precipitación, 270
probar, 28, 30–31
proceso de diseño, 45–51
  examinar y modificar el diseño, 50–51
  hallar un problema, 46–47
  ingenieros y, 44–45
  planificar y construir, 48–49
productos, 246–247
Profesiones en las ciencias
  cazadores de tormentas, 309–310
  científico medioambiental, 219–220
  diseñador de montañas rusas, 71
  geólogo, 239–240

propiedades, 350
pulmones, 82

raíces, 153
rayo, 302
recursos naturales, 242–249
  aire y agua, 243
  animales y plantas, 244–245
  crecimiento económico y, 248–249
  productos y, 246–247
  rocas y suelo, 242
recursos. *Ver* **recursos naturales**
refugio, 85
regla, 17
renacuajos, 108–109
represas, 207–208
reproducción, 106, 187
reptiles, 96
repulsión, magnética, 399
respiración, 82–83
riego por goteo, 145–146
riego por rociadores, 145–146
riego, 145–146
rotación, 330–333

Saca tus conclusiones, 24, 36, 56, 70, 104, 130, 148, 172, 206, 256, 276, 288, 342, 362, 374, 410
sacar conclusiones, 29
seguridad
  tecnología y, 62–63
  tormenta, 304–305, 310
semillas, 155
  ciclos de vida y, 160, 162–163
  reproducción y, 186–187
sequía, 231
sistema solar, 318–321
sobrevivir, 80
Sol, 318, 320
  como estrella, 322
  sombras y, 334–335
  y la Tierra, 330, 332–333
sólidos, 353
sonido, 384, 390–391
STEM (Technology, Engineering, and Mathematics). *Ver también* **Ingeniería y tecnología**
  Cómo se hace:
    Camisa de algodón, 253–254
  En la granja, 89–90

Imanes que nos rodean, 407–408
La tecnología en la cocina, 363–364
La tecnología y el medioambiente, 207–208
Llevar agua a las plantas, 145–146
Observemos el tiempo, 299–300
Ojos en el cielo, 339–340

tallos, 153
Taylor, Lawnie, 395
taza de medir, 15
tecnología en la cocina, 363–364
tecnología, 58–65
  en casa, 60–61
  en el baño, 58–59
  en la cocina, 363–364
  medioambiente y, 64–65, 207–208
  pilas, 64–65
  seguridad y, 62–63
  tiempo, 299–300
telescopios, 339–340
temperatura, 21–22, 270–271
termómetros, 15, 270–271
terremotos, 228
tiempo, 266–271
  ciclo hidrológico, 280–281
  condensación, 281
  evaporación, 280
  huracanes, 299–300, 303
  medir, 270–271, 282
  nubes, 268–269
  patrones del, 278–279
  registro y anotar los datos, 283
  salvaje, 302–303
  seguridad, 304–305, 310
  temperatura y, 270
Tierra
  cambios en, 228–235
  como planeta, 318
  el día y la noche, 330–333
  el Sol y, 330, 332–333
  órbita de, 320
  rotación de, 330–333
tono, 390
tormentas, 302
tornados, 303
tren de levitación magnética, 403

vapor de agua, 356
veletas, 270
vibraciones, 390
viento, 270
volcanes, 228
volumen, 354

Zavala, María Elena, 173